소설

꿈에 그대

소설

꿈에 그대

유열

도서출판 디자인21

차례

꿈에 그대

1. 첫 번째 꿈

3월 초, 조금씩 봄이 찾아오던 시기였다.

어두운 밤, 9시가 되어서야 무거운 몸을 이끌고 한 남자가 집으로 돌아왔다. 힘겹게 현관문을 열자 그 남자를 맞이하는 건 쓸쓸한 공기, 텅 빈 집 안이었다.

그는 그대로 소파 위로 나의 몸을 내던졌다.

“오늘도 힘든 하루였어”

나지막이 허공에 혼잣말을 내뱉었다.

그때, 전화벨이 시끄럽게 울렸다. 발신자는 영우.

“형범아, 뭐하냐?”

시끄러운 주변 소리와 신난 듯한 영우의 목소리가 고요한 집 안을 채웠다.

"이제 퇴근하고 집 들어왔어."

"야. 잠깐 나와! 같이 술 마시자."

영우는 평소와 같이 형범을 꼬드기기 시작했다.

"됐어. 피곤해."

형범은 평소와 같이 답했다.

"지금 여자친구 모임에 왔다가 괜찮은 사람을 발견했어. 진짜 너랑 잘 어울릴 거 같아. 그러니까 잠깐 나와 봐"

영우는 항상 형범을 누구와 맺어주려고 혈안이다. 꾸준히 연애해 온 자신과는 달리 형범은 28살 때까지 연애를 못 해본 모태 솔로이기 때문이다.

"나 그런 거 싫어하잖아. 이제 그만해."

"네가 그러니까 아직도 모솔인 거야. 밖에 나가서 돌아다니고, 사람도 만나고 해야 연애를 하지. 맨날 회사, 아니면 집. 그러니까 아직도 혼자인 거야."

형범은 모솔이라는 단어에 괜히 발끈했다.

"내가 알아서 다 하니까 끊어라."

"뭘 알아서 해. 맨날 자기는 운명인 상대를 기다리고 있다면서 맨날 혼자 책 읽고, 혼자 영화 보고 하는데 어떻게 만나냐?"

영우는 맨날 하는 잔소리를 오늘도 토씨 하나 안 틀리고 뱉었다.

"네. 네. 알겠습니다. 술이나 더 자시세요. 끊을게."

오늘은 흔들릴 뻔했다. 형범은 사실 28년간 여자를 사귀어 본 적도 없고, 요즘 따라 외로움을 많이 느껴 영우의 말에 혹하기도 했지만 처음 봤을 때 딱 운명이라 느껴지는 사람과 연애하겠다는 그 신념 때문에 아직도 연애를 못 하고 있다.

하지만 요즘 따라 그 신념도 흔들리기 시작했다. 너무 오랫동안 연애를 꿈꾸기만 해왔고, 거리에 나가 보면 자기 또래로 보이는 사람들은 다 연애를 하는 거 같은데 자신은 여전히 혼자이기 때문이다.

"오늘따라 더 쓸쓸하네."

오늘도 형범은 소파에 누워 맨날 읽는 타이타닉을 시청하기 시작했다.

타이타닉은 형범이 제일 좋아하는 영화이자, 그의 첫 영화이다.

형범은 타이타닉을 처음 봤을 때의 순간을 잊지

못한다. 그때의 감정, 영화 속의 장면, 주인공들이 서로를 바라보는 모습 등 그때 본 타이타닉의 모든 것들이 형범의 마음속에 생생히 남아 있다.

그 순간이 너무도 뜻깊었기에 여전히 그 영화를 좋아한다.

그는 여느 때처럼 타이타닉을 보기 시작했다.

그러다 문득, 아까 정민과의 대화가 떠올랐다.

1시간 전

형범은 직장 동료인 정민과 저녁 식사를 한 후 정민의 차를 타고 집에 도착했다.

"오늘 밥 너무 잘 먹었어요. 다음엔 제가 살게요"

정민은 부드럽게 미소 지으며 말했다.

정민은 형범의 입사 동료다. 항상 형범을 잘 챙겨주고, 가끔 밥도 함께 먹는 그나마 가까운 회사 동료다.

"아닙니다. 항상 이렇게 태워다 주시고 다음번에는 제가 모셔다드릴게요."

형범이 여자와 대화할 때 나오는 특유의 머쓱하고 숫기 없는 말투로 정민에게 답했다.

"약속한 겁니다."

오늘따라 정만의 분위기가 왠지 모르게 달라 보였다.

형범은 정민에게 인사하고 내리려는데 다급히 정민이 불렀다.

"형범 씨. 잠깐만! 아까 못한 말이 있는데요...."

정민은 긴장한 것처럼 표정이 변하고 말을 머뭇거렸다. 사실 정민은 밥을 먹고 그동안 숨겨왔던 말을 하려 했다.

정민은 형범을 좋아한다. 아주 오랫동안 좋아해왔다.

3년 전, 지금의 출판사에 입사했을 때부터 형범을 보고 첫눈에 반해 지금까지 좋아하게 되었다. 정민은 예전부터 형범에게 조금씩 가까워지려 애써왔다. 형범의 성향상 사람과 빨리 가까워지는 타입이 아니라 오래 걸렸지만, 정민의 노력 끝에 지금의 사이로 발전할 수 있었다.

"있잖아요..."

정민은 오랫동안 품어온 자신의 마음을 전달하려 하니 긴장됐다.

형범은 지금까지 보지 못한 처음 보는 그녀의 모습에 의아했다.

"그... 아니에요... 내일 봐요!"

정민은 말을 하려다 말고 인사를 했다.

사실 겁이 났다. 거절당할까 봐, 괜히 차여서 회사에서 만날 때마다 어색해질까 봐.

그래서 정민은 입 밖으로 나오려던 그 고백을 다시 삼켰다.

"네. 내일 봐요."

형범은 뭔가 이상한 정민의 모습이 이상했지만, 그냥 인사를 건네고 뒤돌아섰다.

정민은 집에 들어가는 형범의 모습을 보며 후회 가득히 자리를 떴다.

'어떤 말을 하려 했던 걸까?'

형범은 정민을 좋은 사람이라고 생각해 왔다. 입사했을 때부터 자신에게 다가와 주고, 도와주고, 항상 응원해 주던 그녀라 정말 좋은 사람, 동료라 생각해 왔다.

하지만 거기까지다. 이성적인 감정은 가지고 있지 않았다. 그저 편한 동료, 친구 정도의 감정이었다. 정민에게 이런 감정밖에 느끼지 못한 이유는 역시 그가 중요시하는 그 첫 느낌 때문일 거다.

운명적 느낌.

그러나 그 순간의 정민의 얼굴이 뭔가 걸렸다. 뭔가 그녀가 중요한 얘기를 할 것만 같았었기에.

"아휴, 모르겠고 잠이나 자자"

어느덧 영화는 끝이 나 있었고, 그는 텔레비전을 끄고 침실로 들어가 잠을 청했다.

그렇게 길었던 하루의 끝이 형범에게 찾아왔다.

그리고 잊지 못할 선물 또한 밤바람과 함께 형범에게로 불어오고 있었다.

어느 봄날

햇볕이 따스한 오전, 형범은 카페테라스에서 졸고 있었다.

그때, 형범의 귓가에는 자신을 부르는 한 여성의 목소리가 들려왔다.

“야. 박형범. 또 자고 있어?”

한 여성이 형범의 앞에 심통 난 듯한 모습으로 서 있었다.

형범은 그녀의 목소리에 잠이 깨 눈을 비비고 있었다.

‘누구지. 벌써 아침이 왔나. 더 자고 싶은데…’

형범은 눈을 비비며 소리가 나는 쪽으로 고개를 들었다.

“일찍 오면 뭐 해. 항상 자고 있는데.”

노란 원피스에, 검은 부츠를 신은 한 여성이 두 손을 허리에 올리고 형범을 보고 있었다.

형범은 그녀를 보고 놀라 뒤로 넘어질 뻔했다.

“누구세요?”

형범은 의자에서 일어나 뒷걸음을 쳤다.

“얼씨구! 아직 잠이 덜 깨셨네. 박형범 씨.”

그녀는 어이없다는 듯 형범을 쳐다보며 말했다.

‘여기는 어디지. 저 여자는 누구고. 꿈인 건가…’

형범은 일단 침착하게 주위를 둘러보고 자기 손을

꼬집었다. 하지만 느낌은 없었다. 당황한 형범은 그녀를 빤히 바라보았다.

평범한 키에 밝은 옷을 입고 있는 그녀는 얼굴만 흐릿했다. 형범은 그녀를 자세히 보기 위해 눈을 비벼보지만 여전히 흐릿했다.

당황한 형범의 앞으로 그녀가 다가와 형범에게로 손을 뻗었다.

그 순간, 형범은 이상한 느낌을 받았다.

그녀가 형범에게로 다가오자 아련하고 그리운 향기가 형범의 코끝을 스쳐 형범의 가슴을 저리게 만들었다. 그리고 형범의 귀에 들려온 그녀의 목소리는 형범의 마음을 편안하게 만드는 동시에 먹먹하게 만들었다.

형범은 처음이었다. 누군가를 보며 이런 느낌을 받은 건.

'왜 이럴까... 가슴이 먹먹해진다. 왜 이럴까... 눈물이 날 것만 같다. 왜 이럴까... 처음 본 사람인데 나는 왜 반가운 마음이 드는 걸까. 대체 이 사람은 누구일까.'

형범은 자신의 앞에 있는 여성을 물끄러미 바라만

봤다.

"얼른 가자. 밥 먹으러 가야지. 예약 시간 얼마 안 남았어."

그녀가 형범의 손을 잡고 어디론가 이끌었다.

형범은 얼빠진 채 그녀가 이끄는 대로 이끌려 갔다.

형범은 여전히 손목을 잡힌 채 그녀에게 끌려가고 있다. 그는 아직도 꿈인지 현실인지 분간이 안 가서 그저 아무 말 없이 끌려갈 수밖에 없었다. 그는 눈을 비비며 자신의 끌고 가는 그녀의 뒷모습을 바라보려 했다. 어딘가 익숙하면서도 낯선 그녀였다.

"우와! 벚꽃 너무 예쁘다!"

그녀가 잠시 멈춰 말했다.

봄이었다. 거리 양쪽 벚꽃 나무들이 활짝 피어있었다. 아주 아름다운 봄의 풍경이 형범의 꿈속에 펼쳐졌다.

형범도 주변을 둘러보며 감탄했다.

"아름답다."

"그치! 아름답지!"

그녀가 불어오는 바람에 긴 머리를 흩날리며 뒤돌아봤다.

그 순간, 형범의 눈에는 그녀의 모습이 천천히 지나갔다. 흐릿하지만 그녀는 미소 지은 듯 보였다. 아름다웠다.

그녀의 모습을 보고 형범은 자신도 모르게 그녀가 아름답다 생각했다.

'이 사람은 누구일까... 대체 누구길래... 내가 이런 감정을 느끼는 걸까.'

"왜 그렇게 쳐다봐?"

그녀가 고개를 갸우뚱했다.

그런 그녀에게 형범은 아무 말도 할 수 없었다. 그녀가 누구인지, 그녀를 보며 느껴지는 이 감정들은 무엇인지 알 수 없었기 때문에 바라볼 수밖에 없었다.

"혹시..."

그녀가 빤히 형범을 쳐다봤다.

"혹시 또 나에게 반한 건가?"

그녀의 엉뚱함에 형범이 피식했다. 그리고 그녀를

바라봤다.

'아직 모든 게 낯설고 혼란스럽지만 궁금해진다. 이 사람이 대체 누굴지.'

그녀가 형범을 데리고 어느 식당에 들어섰다.

"오랜만이에요. 셰프님."

밝고 신난 목소리로 그녀가 사장에게 인사했다.

"오랜만이네요. 오늘도 남자 친구분과 함께 오셨군요. 오늘도 그 자리로 해드릴까요?"

사장도 익숙한 듯 그녀와 나를 맞이했다.

"네. 감사합니다. 가자. 형범아."

그녀는 당연한 것처럼 형범에게 팔짱을 끼고 자리로 향했다.

형범은 여전히 모든 게 낯설었다. 주변 환경, 그녀의 모습과 말들, 자신 빼고 모든 것들이 자연스러운 이 상황이.

'대체 어떻게 돌아가고 있는 상황인지. 꿈인데 현실 같기도 하고. 뭐가 뭔지 모르겠다.'

형범의 뒤죽박죽 엉켜버린 자신의 생각들을 뒤로

하고 그녀의 뒤를 따라갔다.

형범과 그녀는 창가 있는 테이블에 앉았고, 그녀는 메뉴판을 펼치고 물었다.

"항상 먹던 걸로 먹을 거지?"

"네?"

형범은 아직 정상이 아니었다.

"아직도 잠 안 깼어? 형범? 항상 먹던 걸로 먹을 거냐구!."

그녀는 약간의 못마땅한 목소리로 다시 물었다.

"...네."

형범은 뭐라 답해야 할지 몰라서 그냥 대답했다.

그녀가 사장님을 불러 메뉴를 주문하기 시작했다.

"등심 스테이크 2개에 오일 파스타 하나로 할게요. 스테이크 굽기는 미디엄 웰던 하나, 미디엄 레어로요."

형범은 놀랐다. 아니 놀랄 수밖에 없었다. 그녀가 주문한 메뉴가 형범의 취향과 일치하기 때문이다. 시킨 메뉴도, 스테이크 굽기도 그의 취향과 일치했다.

"저 화장실 좀 갔다 올게요"

형범은 일단 놀란 마음을 진정시키기 위해 자리를

피했다.

화장실로 간 형범은 찬물로 세수를 했다. 그리고 자신의 볼도 꼬집고, 뺨도 때려보고 했다. 하지만 감각은 없었다.

'아프진 않은데? 근데 되게 생생하고 신기하네. 이 꿈. 대체 뭐지.'

형범은 거울 속 상기된 표정을 하는 자신의 얼굴을 보며 생각했다.

'저 여자는 너무나도 나를 잘 알고 있다. 저 여자는 누구일까.'

형범은 자신이 꾸고 있는 꿈이 이상하다 느꼈고 그녀가 누구일지도 생각해 봤다. 하지만 예측이 안 됐고 그러다 곧 그의 생각이 의미 없다는 것을 느꼈다. 어차피 꿈에서 깨어버리면 다 사라질 테니.

형범은 다시 마음을 가다듬고 화장실 밖으로 나갔다.

'곧 이 꿈도 깨겠지. 일단 아무렇게나 해보자. 뭐 꿈이잖아.'

형범은 다시 테이블로 와서 자리에 앉았다.

"방금 음식 나왔는데 딱 맞춰서 왔네. 이제 정신 좀 차리셨나?"

그녀는 여전히 부드러운 목소리로 형범에게 말을 했다.

"배고프다. 얼른 먹자!"

그녀는 신나 하며 접시에 음식을 덜기 시작했다.

형범은 그런 그녀의 모습을 물끄러미 바라보았다.

'이 여자를 보고 있으면 여러 감정이 든다. 편안하고 안심되는 동시에 가슴이 먹먹해지고 저려온다. 그래도 싫지는 않다. 이 사람과 함께 있는 게'

그녀가 형범의 앞 접시에 음식을 놓았다.

'여전히 얼굴도 흐릿하고, 이름도 모르는 이 여자가 점점 궁금해진다. 꿈인 걸 알면서도 이 여자가 궁금해진다.'

형범은 꿈에서 만난 이 여성을 받아들이기 시작했다.

"왜 날 계속 쳐다봐? 얼른 먹어!"

"알았어."

형범도 음식을 먹기 시작했다.

“100일이라고 여기서 밥 먹었을 때가 엊그제 같은데 벌써 2주년이네. 시간 참 빠르다.”

그녀는 그 말을 한 뒤 미소 지으며 창밖을 바라봤다.

여전히 그녀는 형범이 알 수 없는 말들을 했다. 형범은 모르고 있는, 아니 아직 알지 못하는 얘기들을.

형범은 알 수 없는 그녀의 말들에 갸우뚱했지만 싫지 않았다.

그때, 한줄기 햇빛이 그녀의 얼굴로 들어왔다.

그 순간, 그녀의 미소 짓는 입가가 아름답게 빛나기 시작했다.

그런 그녀의 모습이 형범의 두 눈에 들어왔다. 여전히 흐릿한 그녀의 얼굴이지만 햇살에 비친 그녀의 입가는 너무도 아름답게 빛났다.

그리고 형범의 가슴이 두근거리기 시작했다.

‘아름답다. 햇살에 비친 그녀의 입가가 아름답게 빛나고 있다. 내가 누군가의 모습을 보고 이렇게 심장

이 뛴 적이 있었나.'

조금씩 형범은 그녀에게 빠져들고 있었다.

"내가 그렇게 예뻐?"

그녀는 자신을 바라보는 형범을 보고 장난스레 툭 던졌다.

"응, 아니... 그게 아니라"

형범은 무의식적으로 속마음을 대답해 버려 당황했다.

"맨날 예쁘다 잘 말하면서 오늘은 또 말해놓고 부끄러워해?"

그녀는 형범의 모습이 귀엽게만 보인다.

"입 옆에 소스 묻었어."

형범은 그녀의 말을 듣고 냅킨으로 오른쪽 입꼬리를 닦았다.

"아니, 그쪽 말고."

그녀는 냅킨을 들고 몸을 형범 쪽으로 기울였다.

점점 그녀의 손이 형범에게로 다가왔다.

그 순간, 그녀의 움직임과 함께 아련하고 애틋한 향기가 형범의 코를 찔렀다.

'이 느낌은 뭐지, 왜 이렇게 가슴이 아파 오는 거지…'

그녀가 형범의 입가를 닦아주었다.

'좋아한다.'

갑자기 형범의 머릿속에 그 단어가 떠올랐다.

그리고 그 동시에 형범의 눈앞이 희미해지기 시작했다.

'나는 왜 좋아한다는 말이 떠오른 걸까.'

"됐다"

점점 그녀의 목소리도 희미해졌다.

'아… 이렇게 끝나는 건가?'

'일어나… 일어나…'

조금씩 형범의 귀에 알람 소리가 들려온다.

'다시 보고 싶다.'

꿈이 끝남과 동시에 그 단어가 형범의 머릿속에 남았다.

그렇게 형범은 단꿈에서 깨어났다.

2. 두 번째 꿈

“으으어어어”

외마디 비명과 함께 일어난 형범은 알람을 껐다.

그리고 형범의 눈가에는 눈물이 흐르고 있었다.

“뭐야? 나 운 건가?”

형범은 이상하다는 듯이 눈물을 닦고 베개를 쳐다봤다. 형범의 베개에는 눈물 자국이 선명히 남아 있었다.

그리고 지난밤의 꿈이 형범의 머릿속을 스쳐 지나갔다.

처음 봤지만 익숙했던 그녀, 두근거리지만 가슴 한편이 아려오는 그녀의 모습, 낯익으며 그리웠던 그녀의 향기, 편안했지만 불안해지던 그녀의 목소리, 여전히 희미한 그녀의 얼굴 그 모든 것이 꿈이 끝난 지금에도 형범에게 생생히 남아 있었다.

"참 신기한 꿈이네."

형범은 출근 준비를 위해 자리에서 일어났다.

'그 여자는 누구였을까?'

형범은 옷을 갈아입으며 거울을 보다 문득 그녀를 떠올렸다.

너무도 생생했던 꿈 때문인지

하지만 그저 꿈인 걸 알기에 다시 출근 준비를 하기 시작했다.

"일단 출근이나 하자."

"좋은 아침입니다."

출근한 형범은 팀장님과 동료들에게 인사 후 자리에 앉았다.

형범은 출판사 출판 편집팀에서 근무하고 있다.

"오늘은 저보다 먼저 오셨네요?"

정민은 형범에게 밝게 인사하며 자기 자리에 앉았다.

"네. 어제는 잘 들어가셨어요?"

형범은 정민을 보며 말을 건넸다.

"어제 형범 씨 덕분에 맛있는 밥도 먹고, 덕분에 푹 잤어요."

정민은 부드럽게 미소를 지었다.

형범은 정민의 미소를 보고 지난밤 꿈에서 만났던 그녀의 미소가 떠올랐다.

'방금 뭐지? 왜 그 사람의 모습이 떠오른 거지'

"다행이네요."

형범은 뭔가 어색하게 답을 한 후 모니터를 바라봤다.

"아! 혹시 오늘 저녁에 시간 되시면 같이 밥 먹을래요? 어제의 은혜를 갚고 싶어서요!"

정민은 형범을 보며 물었다.

"어... 오늘 약속이 없긴 한데...그러시죠. 뭐."

형범은 갑작스러운 정민의 데이트 신청에 당황했지만 오케이 했다.

"오케이! 기대하세요! 맛있는 걸로 보답할 테니까!"

정민은 신나 하며 말했다.

형범은 기분 좋아 보이는 정민을 보다 꿈에서 만

난 그녀를 떠올리기 시작했다.

'왜 이럴까? 왜 그 사람이 계속 떠오르는 걸까? 그저 꿈에서 본 사람이었는데…'

형범은 다시 정신을 차리고 일단 자기의 일에 집중하기 시작했다.

퇴근 후, 형범과 정민은 함께 한 레스토랑에 들어갔다. 웨이터의 안내를 받은 둘은 자리에 앉았다.

"형범 씨는 뭐 먹을래요?"

메뉴판을 보던 정민이 물었다.

"저는 뭐 아무거나 상관없습니다. 정민 씨가 추천해 주는 거 먹을게요."

"그럼, 여기는 오일 파스타가 맛있어요! 그거 하나 시키고 스테이크 하나씩 시키면 되지 않을까요?"

"네. 그럼 그렇게 해요."

"저희 주문할게요! 등심 스테이크 2개에 오일 파스타 하나로 할게요."

형범은 주문하는 정민을 보고 또 그녀의 모습이 떠올랐다.

'왜 또 그 사람이 떠오른 걸까?'

형범은 문득문득 떠오르는 그녀 때문에 당황스러웠다.

"형범 씨, 스테이크 굽기는 어떻게 할래요?"

그때, 정민이 형범에게 물었다.

다시 정신 차린 형범은 답했다.

"미디엄 웰던으로 할게요."

"그럼 미디움 웰던 하나, 미디움 레어 하나로 할게요!"

정민은 주문을 마쳤다.

"취향이 비슷하네요"

형범은 무의식적으로 말했다.

"누구랑요?"

"아닙니다. 그냥 제가 아는 사람이랑 비슷해서요..."

형범은 무의식적으로 한 자신의 말에 당황하며 그냥 넘겼다.

그런 형범의 모습에 정민은 의아해했다.

그렇게 식사가 시작됐고 둘은 어색하지만 재밌게 얘기를 해 나갔다.

그러다 형범은 정민에게 한 질문을 던졌다.

"정민 씨는 꿨던 꿈 중에 정말 생생하다 느껴졌던 꿈이 있어요? 예를 꿈속에서 어떤 사람을 만났는데 그 사람이 깨고 난 후에도 계속 기억난다거나, 그 꿈속에서 느낌이 깬 후에도 계속 남아 있다거나."

"생생했던 꿈이라... 없는 거 같은데요?"

정민은 골똘히 생각하다 답했다.

"그렇군요."

형범은 쓴웃음을 지었다.

"질문이 재밌네요! 뭔가 형범 씨답지 않아서."

재밌다는 듯 정민은 형범을 보며 미소 지었다.

식사가 끝난 둘은 레스토랑을 나왔다.

"덕분에 오늘 잘 먹었어요."

"어제와 오늘 재밌게 해준 답례예요"

정민이 웃으며 말했다.

"재밌었나요?"

형범이 물었다.

"네! 재밌었어요. 아까 질문도 그렇고. 나눈 얘기도

그렇고, 형범 씨의 새로운 모습을 본 거 같아 기분이 좋았어요."

정민은 기분이 좋아 보였다.

"다행이네요. 그럼 내일 봐요."

형범이 머쓱해 하며 말했다.

"네. 내일 봐요!

정민은 형범에게 인사를 한 후 뒤돌아서 갔다.

하늘을 보며 걷던 형범의 옆으로 한 줄기의 봄바람이 스쳐 지나갔다.

"저녁에 이런 따뜻한 봄바람을 느껴보는 건 오랜만이네."

그리고 형범은 그 바람의 스침에서 무언가를 느꼈다.

'뭘까. 이 기분은'

이상한 느낌을 뒤로 하고 다시 집으로 향했다.

어느 봄날

"아~ 해봐"

어디서 익숙한 목소리가 형범의 귀로 들려왔다.

"형범아! 맛있어?"

분명히 저번 날의 꿈속에서 만난 그녀의 목소리였다. 형범은 그 목소리에 반응해 눈을 뜨기 시작했다. 형범의 앞에는 그녀가 타코야끼를 들고 서 있었다.

"나도 한 번 먹어 봐야겠다!"

그녀는 타코야끼를 한 입 먹었다.

형범은 왠지 모르게 그녀가 반가웠다. 하지만 그녀의 얼굴은 저번처럼 희미하게 보였다.

"역시! 타코야끼는 언제 먹어도 맛있다니까!"

그녀는 형범을 보며 신난 듯 미소 지었다.

'또 그 사람이다. 왜 또다시 만나게 된 걸까?'

형범은 그녀를 빤히 쳐다봤다. 그녀와 같이 있으면 여전히 알 수 없는 감정이 들었지만, 그 느낌이 싫지 않았다.

"가자!"

그녀는 자연스럽게 형범에게 팔짱을 끼며 자리를 옮겼다. 형범도 일단은 그녀를 따랐다.

'그래도 저번보다 이 사람이 편해지는 거 같다.'

저번과는 달리 형범의 마음도 진정되고 있었다.

"더 먹을래?"

그녀가 형범에게 타코야끼를 권했다.

"괜찮아."

형범은 이제 말도 자연스럽게 놓았다.

"얼른 타이타닉 보고 싶다."

그녀가 기대에 찬 듯 말했다.

"타이타닉?"

"드디어 형범이랑 영화관에서 같이 보내!"

그녀는 타이타닉 볼 생각에 들떠있었다.

'이 사람 나랑 코드도 비슷하다.'

형범에게 타코야끼는 최애 간식이며, 타이타닉은 최애 영화이다. 자꾸 겹치는 취향들과 자신과는 다른 그녀의 행동들이 조금씩 형범의 마음에 스며들고 있었다. 형범도 모르게.

"타이타닉이 왜 좋아?"

형범이 그녀에게 물었다.

"왜 좋냐고? 흠..... 그 영화 속 주인공들이 나눈 사랑이랑 내가 추구하는 사랑이랑 비슷하거든. 사랑은 시간이 아니라 운명과 진심으로 만들어진다는 걸,

마음만 같다면 찰나의 시간이라도 서로의 가슴속에 영원히 남을 수 있는 존재가 될 수 있다는 것을 타이타닉이 내게 알려줬어.”

그녀의 대답은 지금까지와는 다르게 진지했다. 그리고 그녀의 답변에 형범은 놀랐다. 그녀와 똑같은 이유로 타이타닉이라는 영화를 좋아하기 때문이다.

“운명을 믿어?”

형범이 조심스레 물었다.

“응! 난 난 운명 믿어”

그녀는 당연하다는 듯 형범을 보며 답했다. 그리고 말을 이어갔다.

“난 우리의 만남도 운명이라 생각해! 그때 그 순간에는 놀라긴 했지만, 형범이 네가 먼저 날 알아봐 주고 다가와 줘서 좋았어. 그리고 너의 눈을 본 순간 난 느꼈지. 어쩌면 내가 오래도록 기다린 운명의 상대가 형범이 너라는 걸, 그래서 형범이한테 항상 고마워. 그때 네가 나에게 오지 않았더라면 지금의 이 행복을 못 느꼈을 거 같아. 아마 평생 못 느꼈겠지. 그래서 항상 고마워하고 있어.”

그녀가 담담하게 진심을 전해왔다.

형범은 아무렇지 않게 자신의 마음을 전달하는 그녀가 멋져 보이기도 하고 부럽기도 했다.

그렇게 그와는 다른 그녀의 행동이 그의 발걸음을 움직이게 했다.

한걸음, 한걸음 씩 그녀의 쪽으로.

“어! 저기 호수다!”

둘이 걷고 있던 공원에는 큰 호수가 있었다.

그 호수를 본 그녀는 호수 쪽으로 달리기 시작했다.

“아! 시원해!”

호수 쪽으로 온 그녀는 불어오는 봄바람을 맞으며 크게 숨을 들이마시기 시작했다.

형범은 그런 그녀를 흐뭇하게 바라봤다.

“형범아! 나 그거 해주면 안 돼?”

“뭐를”

“타이타닉 주인공들이 했던 거! 내가 팔을 펼칠 테니까 레오나르도 디카프리오처럼 뒤에서 안아주면 안 돼?”

형범은 갑작스런 그녀의 부탁에 당황했다. 꿈이지만 형범에게 그녀는 처음 보는 여자고, 형범은 아직 연인들 간에 하는 스킨쉽을 해 본 적도 없었다,

"응? 안 돼?"

그녀가 간절히 부탁했다.

형범은 뜸을 들이다 그녀가 싫지 않고, 어차피 꿈이니까 에라 모르겠다 그냥 하자는 마인드로 그녀에게 다가갔다.

"알았어. 해줄게."

형범이 그녀의 허리를 잡았다. 그녀는 마치 케이트 윈슬렛처럼 팔을 양옆으로 펼쳤다.

"아! 진짜 시원하다!"

그녀와 형범은 그 자세로 바람을 맞았다. 그녀의 머리는 휘날렸고, 그녀의 향기가 형범의 코끝을 스쳐 갔다. 그녀의 향기 속에 섞인 아련함과 설렘이 형범의 마음 안에 들어가 그의 감정을 건드렸다. 형범은 지금의 모습과 지금의 풍경에 왠지 모를 감동과 그리움을 느껴 눈가에 눈물이 고이고, 코가 시큰거리기 시작했다.

그런데 갑자기 그녀가 뒤 돌아 형범을 껴안았다.

“사랑해! 형범아.”

그 순간 형범의 마음속은 큰 지진이 일어났다.

갑작스러운 그녀의 고백은 형범의 마음속에 꽂혔다.

처음이었다. 이렇게 감동적이고 가슴 아픈 고백은 처음이었다.

처음 보는 그녀가 한 고백은 형범에게 그런 감정을 주었다.

‘이 사람의 행동과 말들이 내 마음속에 들어온다. 이 사람과 함께 있으면 처음 느껴보는 감정들이 든다. 이 사람의 얼굴도 모르고 이름도 모르지만 어쩌면 난 이 사람이 좋아지는 거 같다. 꿈인 걸 알지만 바보 같지만 그런 거 같다.’

형범도 자연스럽게 그녀를 안았다. 그리고 말했다.

“나도, 나도 사랑해”

그녀가 얼굴을 들어 형범을 올려다보았다.

“뭐지? 감동받은 그 눈빛은?”

형범의 눈에 고인 눈물을 보며 그녀가 장난스레 말

했다.

"아니야. 바람 때문에 눈이 시려서 그런 거야."

형범은 고개를 돌려 아무렇지 않은 척했다.

"그래? 그런 거야? 그럼 이제 가자!"

그녀가 형범의 손을 잡았다.

"그래. 가자."

둘은 다시 손을 맞잡았고 길을 걸었다.

나란히 걷던 둘은 공원 한쪽에서 웨딩 스냅을 찍는 커플을 발견했다.

"와! 너무 예쁘다!"

그녀가 부러운 듯 커플을 바라봤다.

"그러네. 예쁘네."

형범도 잠시 멈춰 커플들을 바라봤다.

"나 얼마 전에 친구 결혼식 갔다 왔잖아. 너무 예쁘더라. 부러웠어, 우리도 언젠가 하겠지?"

갑자기 날라 온 그녀의 돌직구 말에 형범은 당황했다.

"크으음... 우리도?"

여전히 직설적인 그녀의 행동이 형범을 당황 시켰

다. 특히 꿈이라 해도 이런 오그라들고 낯간지러운 말들이 그랬다. 하지만 형범은 이러한 그녀의 행동들이 싫지 않았고, 더 보고 싶기도 했다.

"형범이가 언제쯤 프러포즈해 주려나?"

그녀가 약지 손가락을 만지며 농담 반, 진담 반으로 형범에게 말했다.

그녀의 거침없는 표현들에 형범도 조금씩 받아 주며 그녀에게 답하기 시작했다.

"어떤 프러포즈를 원하시나?"

"딱히 원하는 건 없고... 상대방이 날 얼마만큼 사랑하는지가 느껴졌으면 좋겠어."

그녀가 진지하게 고민하다 말했다.

"그럼 어떤 결혼식을 원하시나?"

"흠... 결혼식에서 사랑하는 사람이 내 옆에 있는다면 어떻게 하든 상관없을 거 같은데? 어차피 둘이 하는 약속이잖아! 어떻게 하든 둘만 맘에 든다면 좋지 않을까? 어차피 둘이 살아가는 거고, 둘의 결혼식이잖아!"

형범은 그녀를 쳐다봤다. 형범도 똑같은 결혼관을

가지고 있었다. 그녀와 닮은 점을 발견할수록 형범은 그녀에게 마음이 갔다.

"그리고 만약 결혼하게 된다면, 내 옆에 있는 사람이 너였으면 좋겠어!"

그녀가 또 거침없이 자신의 마음을 형범에게 전했다. 그 말을 들은 형범은 그녀를 물끄러미 바라봤다.

그 순간, 바람이 불어와 꽃잎들이 흩날리기 시작했다.

그리고 갑자기 찾아온 바람과 함께 형범의 가슴이 먹먹해지기 시작했다.

'왜 이럴까. 그녀의 말이 왜 이렇게 슬프게 느껴지는 걸까.'

그녀의 말과 지금의 모습에 형범은 눈물이 쏟아져 내릴 것만 같은 느낌이 들었다. 그래도 마음을 가다듬고 애써 말을 했다.

"나랑?"

"응. 해줄 거지?"

그녀는 웃으며 형범을 빤히 올려다보고 있었다.

"나는…"

형범은 이상한 감정에 뜸 들이고 있었다.

그 순간, 그녀가 형범의 볼에 입을 맞췄다,

그리고 형범의 시야가 뿌예지기 시작했다. 형범의 꿈이 끝나오는 것이다.

'답은 하고 가고 싶은데...'

'일어나... 일어나...'

알람 소리가 선명해지기 시작했다.

"있잖아..."

점점 그녀의 모습도, 주변도 점점 어두워진다.

"있잖아. 나도... 너랑..."

그렇게 형범은 말을 끝내지 못한 채 꿈에서 깨어났다.

3. 세 번째 꿈

"허... 또 그 꿈이었나...근데 나 또 울었나."

형범은 눈에 고인 눈물을 닦다 흥건히 젖어있는 자신의 베개를 봤다. 그리고 일어나려는데 갑자기 가슴이 저려왔다.

"왜 이러지... 왜 이렇게 가슴이 아픈 거지..."

지난밤 꿈속에서 느꼈던 감정들이 아직 형범의 가슴 속에 남아 있었다. 형범은 여전히 그 꿈을 생생하게 기억하고 있었다.

그때, 그 꿈속에서 만난 그녀의 말들과 모습들이 머릿속을 스쳐 지나갔다. 그리고 자신도 모르게 눈에서 눈물이 흘렀다.

'대체 그 사람은 누군데 내 꿈에 찾아와서 날 이토록 아프게 하는 걸까... 딱 다시 한번만 보고 싶다.'

형범은 주저앉아 한참을 울었다.

"수고하셨습니다."

외부 미팅이 끝난 형범과 정민은 함께 주변을 둘러보기로 했다.

"미팅을 빨리 마치니 이렇게 돌아다닐 수도 있고 좋네요."

"그러게요."

정민은 주변을 둘러보다가 건너편의 타코야끼 트럭을 발견하고 손으로 가리켰다.

"형범 씨, 저기 타코야끼 트럭 있는데 먹을래요?"

그 말을 들은 형범은 지난밤의 꿈이 떠올랐다. 타코야끼를 좋아하던 그녀의 모습이 떠올라 순간 마음이 이상했다.

"...그래요. 같이 먹어요."

형범은 뜸 들이다 오케이 했다. 그리고 정민과 함께 트럭으로 향했다.

"타코야끼 12개짜리로 주세요."

정민이 주문을 했다. 정민이 주문하는 순간에도 형범은 계속해서 그녀를 생각하고 있었다.

"감사합니다."

타코야끼를 받고 둘은 다시 발길을 돌렸다. 정민은 타코야끼 하나를 찍어 자신의 입으로 넣었다.

"아! 맛있다! 그래 이 맛이지!"

형범이 맛있어하는 정민을 물끄러미 바라보다 다시 그녀를 떠올렸다.

정민의 모습이 지난밤의 그녀와 닮아서. 형범은 여전히 마음이 복잡했다.

그런 형범의 모습을 보고 타코야끼 하나를 찍어 건넸다.

"아~ 해봐요."

그때. 지난밤 그녀의 모습이 정민에게서 겹쳐 보였다. 그리고 형범은 무의식적으로 입을 벌렸다.

'왜 정민 씨한테서 그 사람이 겹쳐 보인 거지...'

형범은 이 상황이 당황스러웠다. 왜 그 사람이 정민과 겹쳐 보인 건지, 왜 지난밤 꿈속의 상황과 비슷한 상황이 일어나는 건지 머리가 복잡해졌다.

"맛있죠?"

정민은 형범의 속도 모르고 여전히 기분 좋은 듯 보였다.

그러다 정민의 발걸음이 웨딩샵 쇼윈도 앞에 멈췄다.

"와! 예쁘다!"

그 웨딩샵 쇼윈도에는 아주 아름다운 웨딩드레스가 진열되어 있었다.

정민은 그 드레스를 보자마자 홀린 듯 그 앞으로 걸어갔다.

형범도 정민의 뒤를 따라갔다.

"예쁘죠?"

형범은 드레스를 보는 정민의 모습이 그녀의 모습과 닮아 보였다.

'혹시 정민 씨가 그녀가 아닐까...'

그녀와 닮아 보이는 정민의 모습, 저번 꿈과 비슷한 상황들에 놓이니 형범은 불현듯 그러한 생각이 들었다.

그리고 갑자기 정민에게 말했다.

"정민 씨는 결혼에 대해서 생각해 보신 적 있으신가요?"

정민은 놀랐다. 갑작스러운 질문 때문이기도 하지만 처음 보는 형범의 모습 때문이기도 했다.

"저랑 결혼하시게요?"

정민은 일단 장난스럽게 넘기려 했지만 진지한 형범의 모습에 고민하다 말했다.

"결혼이라... 아직은 깊이 생각해 본 적 없지만, 진심으로 좋아하는 사람이 생겼을 때 하지 않을까요? 정말 이 사람과 죽을 때까지 함께 하면 좋겠다는 생각이 드는 상대가 생겼을 때... 하지 않을까요?"

정민은 뭔가 부끄러운 듯 형범을 잠시보다 고개를 돌렸다.

형범은 정민의 답을 듣고 아리송해졌다. 비슷한 답을 들었지만, 그때의 감동과 떨림은 없었기 때문이다. 다시 형범은 생각했다.

'역시 그 사람이 아닌 건가... 착각이었나...'

형범은 다시 한번 정민의 얼굴을 바라봤다. 정민의 볼은 빨갛게 되어있었다.

"이제 그만 가실까요?"

정민이 쑥스러워하며 말을 꺼냈고, 둘은 회사로 복귀했다.

'그 사람은 도대체 누굴까...'

퇴근 후 집에 가던 형범은 여전히 꿈속의 그녀를 생각하고 있었다.

혹시 정민일까도 생각해봤지만, 그녀에게 느꼈던 감정과 느낌은 느껴지지 않았기에 그 마음은 일단 접어두었다.

그러다 고개 들어 하늘을 쳐다봤다. 달이 유난히도 밝게 빛나고 있었다.

그리고 형범은 마음속으로 생각했다.

'오늘도 찾아와줬으면 좋겠다.'

그렇게 형범은 집으로 향했다.

어느 봄날

"여기 있어. 형범."

기다리던 목소리가 귀에 들려왔다. 형범은 그녀의

목소리에 눈을 떴다.

그는 영화관 매표소 앞에 있었고, 그녀는 뒤돌아 어디론가 걸어갔다. 형범은 그녀를 바라보는데 이상한 느낌을 받았다. 다시는 못 볼 거 같은 그런 느낌. 그래서 그는 다급히 그녀에게 달려가 그녀를 붙잡았다.

"어디가? 어디 가는데? 나랑 같이 가."

형범은 그녀의 손을 꼭 잡았다. 그녀는 약간 놀랐지만 웃으며 말했다.

"갑자기 왜 그래? 화장실 갔다 온다니까?"

"아... 미안. 갔다 와."

형범은 머쓱해 하며 그녀의 손을 놓았다.

"나랑 그렇게 떨어지기 싫어? 아니면 같이 들어갈래?"

그녀가 장난스레 말했다. 그 말은 들은 형범은 고개를 저었다. 그리고 뜸 들이다 그 말을 뱉었다.

"저기 있잖아... 사랑해."

그녀가 뒤를 돌아봤다.

"갑자기 뭐야?"

"그냥 사랑한다고."

그 말을 한 형범 자신도 놀랐다. 처음으로 이성에

게 사랑한다고 말했기 때문이다. 꿈에서 처음 만난 얼굴도 모르고 이름도 모르는 사람에게 사랑한다고 말한 자기 자신이 바보 같기도 했지만, 그녀를 본 순간 그 말을 안 하면 후회할 거 같은 마음이 들어 자신도 모르게 내뱉은 것이다.

사랑한다는 말을 들은 그녀가 형범에게 다가와 그의 볼에 손을 올렸다.

"나도 사랑해. 근데 그 말 앞에 뭔가 빠진 거 같은데?"

"뭐가?"

"이름!"

"이름?"

형범은 당황했다. 아직 그녀의 이름을 모르기에 어떻게 해야 할지 생각했다. 그런데 그녀의 입에서 그 말이 나왔다.

형범이 알고 싶었던 그녀의 이름

"맨날 이름 부르면서 사랑한다고 했잖아! '연재'야 사랑해, 라고!"

'연재...'

처음으로 들은 그녀의 이름에 형범의 눈에서 눈물이 흘렀다. 그토록 알고 싶었던 그녀의 이름인데 듣는 순간 가슴이 먹먹해졌다. 그녀의 이름을 들은 동시에 그녀가 금방이라도 떠날 거 같은 느낌을 받았기 때문이다.

그녀는 갑자기 눈물을 흘리는 형범의 모습에 당황했다.

“형범아. 왜 그래? 갑자기 왜 울어? 응?”

그녀는 우는 형범을 안았다. 형범도 그녀를 꼭 안았다. 그러지 않으면 그녀가 떠나갈 것만 같아서.

그런데 갑자기 그녀가 고개를 들어 형범에게 입을 맞췄다. 형범은 놀랐지만 거부하지 않았다. 그리고 더 강하게 그녀를 끌어안았다.

이제 형범은 자신의 마음을 인정하기 시작했다. 그녀를 좋아한다는 것을. 꿈에서이지만 처음으로 누군가를 좋아하게 된 것을.

그렇게 그녀는 형범의 마음속에 들어앉아 버렸다.

형범은 잠시 영화 보기 전 화장실에 들어갔다. 형

범은 찬물로 세수한 후 거울을 보며 자신의 감정과 생각을 정리했다. 이미 그녀에 대한 마음은 알았기에 꿈에서 깨기 전까지는 어떻게 행동을 할지, 꿈에서 깬 후에는 어떻게 할 것인지 여러 생각을 하며 자신의 행동에 대한 계획을 세웠다. 다만, 아까부터 알 수 없는 불안한 감정이 드는 이유에 대해서는 신경이 쓰였다. 그래도 기분 좋은 마음으로 화장실을 나서려는데 자켓 주머니에서 뭔가가 느껴졌다. 그래서 그가 자켓 안에 손을 넣어 꺼내 보니 반지 케이스였다.

'이게 뭐지?'

형범이 케이스를 열어보니 아름다운 다이아 반지가 빛나고 있었다. 이 반지를 본 순간 그녀가 떠올랐다. 이 아름다운 반지가 그녀와 잘 어울린다는 생각이 들었다. 형범은 한참 동안 그 반지를 보고 다시 자켓 속에 넣은 후 그녀에게로 향했다.

한편,

다른 여자 화장실 안에서는 끔찍한 일이 벌어지고 있었다.

"살려주세요... 제발..."

의문의 남자 앞에 한 여자가 쓰러져있었고. 그의 손에는 피가 묻은 칼이 들려 있었다.

"미안하지만 너를 살려줄 생각은 없어. 끝을 봐야 재밌잖아."

그 남자가 여자 앞에 쭈그려 앉아 재밌다는 듯이 웃고 있다.

"제발요...제발 살려주세요..."

여자가 낑낑대며 그에게 애원했다.

"아프지? 이제 끝내줄게. 날 재밌게 해줘서 고마워."

그가 잔인하게 여성을 여러 번 찔렀고, 그녀는 그렇게 숨을 거뒀다.

그리고 그 남자는 그 자리에서 사라졌다.

그 시각, 형범은 그녀가 있는 상영관으로 들어갔다. 자신의 자리를 찾으며 내려가다 그녀의 뒷모습을 보았고 잠시 멈춰 섰다.

'사람과 같이 보내는 시간이 이제 내게 익숙해졌다.

언제까지 그녀가 내 꿈에 나타나 줄까, 이 꿈에서 깨고 나면 난 어떻게 되는 것일까, 과연 나는 그녀를 계속해서 만날 수 있을까…'

생각에 잠긴 형범을 향해 그녀가 손짓하고 있었다. 일단 형범은 그녀의 옆으로 가 앉았다.

"뭘 그렇게 가만히 서 있어?"

그녀가 형범에게 팝콘을 건넸다.

"그냥."

형범이 그녀가 준 팝콘을 먹었다.

"기대된다! 재밌겠지?"

그녀는 큰 기대에 차 있었다. 형범은 그런 그녀를 물끄러미 바라봤다. 그는 계속해서 불안한 마음이 들었기에 그녀를 볼 수밖에 없었다. 갑자기 사라져 버릴 것만 같아서.

"시작한다!"

형범은 마음을 아는지 모르는지 영화는 시작되었고, 그녀는 타이타닉에 몰두했다. 반면, 형범은 그녀만 바라봤다. 언제까지 그녀와 함께 할 수 있을지 모르니까 계속해서 그녀를 눈에 담으려 했다. 오랫동안 그녀를 기억하고 싶었기 때문에.

'얼굴도 흐릿하고 그녀에 대해 아직 잘 알지 못하지만 어쩌면 이 사람이 내가 기다려온 사람일지 모르겠다. 꿈에서 깨면 사라질 사람이겠지만 설령 꿈에서 깨고 이 사람을 보지 못한다 해도 나는 이 사람을 잊지 못할 거 같다. 이미 난 이 사람을 좋아하게 됐으니까.'

자신만 바라보고 있는 형범에게 그녀가 스크린을 가리켰다.

"내가 예쁜 건 알겠는데 영화에 집중하시지!"

그녀의 말에 형범은 고개를 스크린 쪽으로 돌렸지만, 영화가 끝날 때까지 그의 신경은 그녀에게 가 있었다. 그가 좋아하던 타이타닉이지만 그는 영화보다도 그녀가 중요했고, 영화 내내 그는 꿈에서 깨기 싫다는 말을 맘속으로 되뇌었다.

하지만 조금씩 다가오고 있었다. 그녀와의 이별 순간이.

둘은 영화가 끝난 후 나란히 상영관 출구로 나왔다.

"왜 계속 나만 쳐다봤어? 내가 그렇게 좋아?"

그녀는 형범의 손을 잡으며 물었다.

"내가 언제?"

형범이 시치미 뗐다.

"영화 내내 쭉~"

"네가 좋아서 그랬어. 타이타닉보다 연재가 너무 좋아서."

형범은 막상 마음속 말을 뱉고 나니 낯간지러웠다.

"오늘따라 왜 그래? 이상하네! 형범."

그녀는 형범의 표현에 기분 좋아졌다.

형은 점점 그녀와 닮아가고 있었다. 아니, 어쩌면 둘은 처음부터 닮았던 것일지도.

"나 잠깐 화장실 좀 갔다 올게."

그녀는 형범에게 말하고 화장실로 향했다.

형범은 그녀가 나올 때까지 여자 화장실 앞에서 기다렸다.

그런데 여기저기서 사람들이 웅성거리기 시작했다. '여기 사람이 죽었어요', '여기 사람이 칼에 찔렸어요' 곳곳에서 사람들이 소리쳤다. 형범은 소리 나는 쪽으로 향했고, 그는 피를 흘리고 쓰러진 사람들을 마주했다.

"이게 무슨 일이야?"

그는 겁에 질렸고 사지가 떨리기 시작했다. 바닥에는 피투성이 채로 쓰러진 사람들과 여기저기 소리 지르고 전화하는 사람들로 가득했다. 형범은 이런 상황이 처음이기에 일단 스스로 '이건 어차피 꿈이야'라고 마인드컨트롤 했다. 그때, 형범은 불안감을 느꼈다. 그리고 곧장 여자 화장실 앞으로 뛰어갔다.

"연재야! 연재야!"

형범이 다급히 그녀를 불렀다.

"왜 그래?"

그녀가 아무렇지도 않게 화장실에서 나왔다.

형범은 그런 그녀를 끌어안았다.

"괜찮아. 아무 일도 아니야. 다 괜찮아."

형범은 안심했다. 그녀가 무사해서,

"형범아, 괜찮아? 왜 그러는데?"

그녀는 겁에 질린 형범의 모습이 의아했다.

형범은 애써 괜찮은 척하며 그녀의 손을 잡고 급히

자리를 옮기려 했다.

그 순간, 의문의 남자가 그녀의 뒤로 나타났다.

"너도 그냥 죽어!!"

그 남자가 그녀를 칼로 찔렀다.

"아아아악!"

그녀가 소리쳤다.

형범은 옆을 봤고 칼에 찔린 그녀와 눈이 마주쳤다.

'안돼... 이건 꿈이잖아... 꿈이 이렇게 끝나면 안 되지...'

형범은 놀라 주위를 봤다. 주변은 고요해졌고 그녀를 찌른 그 남자도 주변에 사람들도 다 사라지고 형범과 그녀, 둘만 남아 있었다.

"아...형범아..."

그녀는 피를 흘리며 쓰러졌다.

형범은 쓰러지는 그녀를 품에 안았다.

"안돼!"

형범은 그녀를 품에 안고 소리쳤다.

"여기요! 사람이 쓰러졌어요! 제발... 제발 도와주세요…”

형범은 아무도 없다는 것을 느꼈으면서도 허공에 혼자 소리쳤다. 쓰러진 그녀를 위해서.

“형범아… 그러지 마… 어차피 끝났어…”

그녀가 형범의 볼을 쓰다듬으며 말했다.

“그런 말 하지 마. 아직 안 끝났어.”

형범이 그녀의 손을 붙잡았다.

“제발 내 곁에 있어 줘. 부탁이야.”

형범의 눈에는 눈물이 흐르고 있었다.

“울지마. 형범아. 다 괜찮을 거야.”

그녀는 형범을 달래려 힘겹게 말을 이어갔다.

“우린 다시 만날 거야. 네가 그렇게 만들 거야. 그러니까 슬퍼하지 마. 형범아.”

그녀가 힘겹게 손을 뻗어 형범의 눈물을 닦아 주었다.

“안돼. 마지막 인사하지 마. 나랑 같이 있어.”

형범은 그녀의 볼에 손을 뻗었다.

그러자 희미했던 그녀의 얼굴이 선명해지기 시작했다. 형범은 눈물을 닦고 그녀의 얼굴을 보려 애썼다.

하얀 피부에 눈물이 고여있는 아름다운 갈색의 눈

동자 그리고 눈가의 점, 분홍빛 볼까지 마지막에서야 보는 그녀의 얼굴이었다.

형범은 그녀의 볼을 쓰다듬었다.

"이제야 봤는데... 이제야 알았는데... 아직 못한 말들이 많은데... 제발 가지 마..."

"우리 다시 만나자... 형범아..."

그녀의 눈동자가 빛을 잃어갔다.

"내가 꼭 찾을 테니까... 꼭 다시 만나자."

형범이 그녀를 바라보며 말했다.

그때, 둘에게로 한 줄기 빛이 들어왔고, 그 빛이 사라짐과 동시에 주변이 하나둘 사라졌다. 둘은 그렇게 끝이 다가오고 있음을 느꼈다.

"안녕..."

그녀가 애써 웃어 보였다.

"또 만나"

끝내 그녀도 형범의 눈앞에서 사라지고 있었다.

"안녕... 또 만나..."

그렇게 형범도 어둠을 맞이했다.

4. 현실

"안돼…안돼…안돼!"

형범은 비명을 지르며 일어났다. 그는 주위를 둘러봤지만, 그의 방이었고, 그의 주위에는 역시 아무도 없었다. 그는 여전히 꿈에 취해있었고 그녀를 찾아 그대로 집 밖을 뛰쳐나갔다.

"장난치지 마. 어디 간 건데… 제발 나와…"

형범은 여기저기 그녀를 찾으며 길거리를 헤맸지만 역시 모습을 보이지 않았다.

'그냥 이렇게 사라지는 건가…'

형범은 한참을 길거리를 헤매었지만 결국 포기했다.

그리고 조금씩 꿈에서 빠져나와 현실을 받아들이기 시작했다.

'대체 나는 어떤 꿈을 꾼 것이고, 이토록 아파하는 것일까.'

형범은 벤치에 앉아 마음을 진정시켰다. 그는 여전히 그 꿈들을 기억하고 있었다. 그녀의 행동, 그녀의 감촉, 그녀의 향기, 그녀의 목소리, 그녀의 말들, 그녀의 얼굴 그리고 그녀의 이름…

형범은 황급히 휴대폰을 꺼내 SNS에 들어가 그녀의 이름을 검색했다.

"연재…연재…"

형범은 계속 그녀의 이름을 검색했다. 하지만 그녀로 보이는 사람은 찾지 못했다.

"역시… 그저 꿈인 건가…"

형범은 좌절했다. 여전히 그 꿈을 생생하게 기억하고 그녀에 대한 감정들이 살아있는데 그 모든 게 그저 꿈이라는 사실이 허탈했다.

그리고 그녀의 말을 떠올렸다. 다시 만나자는 그 말.

형범은 그 말을 떠올리며 생각했다.

부디 언젠가 다시 그녀를 꿈에서 만날 수 있길, 그리고 그때는 꿈이 아니길.

어느 정도 마음이 진정된 그는 정처 없이 걸어 다녔다. 길거리에는 많은 커플이 있었고, 그런 그들의 모습이 형범의 눈에 들어왔다. 손잡고 걸어 다니는 커플, 먹을 거를 나눠 먹는 커플, 안고 있는 커플.

그들의 모습을 보며 형범은 꿈에서 그녀와 함께했던 순간들을 떠올리며 공허함을 느꼈다. 동시에 그런 자신의 모습이 우스웠다. 그저 꿈이었는데 계속 이러고 있는 모습이. 원래부터 혼자였는데 몇 번 꿈속에서 일어난 일들 때문에 외로움을 느낀다는 사실이.

그런 와중에 누군가 그의 이름을 불렀다.

"형범아!"

여성의 목소리였다.

형범은 그 소리에 반응해 재빨리 뒤를 돌아봤다.

하지만 그 여성은 다른 남자를 향해 달려가고 있었다.

그는 아닐 걸 알면서도 기대를 했었다.

"한심하네. 정말."

그는 그 순간 기대한 자신이 한심했고, 어쩔 수 없는 현실에 씁쓸했다.

그는 그렇게 다시 자신의 집으로 발길을 옮겼다.

집에 돌아온 그는 공허함을 달래기 위해 술을 마셨다.

여전히 그는 지난날의 꿈들을 떠올리며 그녀를 그리워했다.

“오늘도 볼 수 있으려나... 보고 싶은데... 오늘도 찾아오시려나...”

그는 허공에 대고 그녀를 계속 찾았다.

‘이상하리만큼 생생했다. 그녀와의 시간, 감촉, 감정 모두 아직도 선명히 남아 있다. 왜 나는 그런 꿈을 꾼 것일까. 그리고 그녀는 누구일까.’

그러다 형범은 종이에 무언가를 적기 시작했다. 정성스레 글을 써 내려갔고, 글을 쓴 뒤 침실로 들어갔다.

주말이 지나고 형범은 평소처럼 회사에 출근했다. 항상 그랬듯 동료들과 인사한 후 자신의 책상에 앉았다.

"좋은 아침이에요! 형범 씨."

"좋은 아침입니다."

"형범 씨 괜찮아요? 얼굴이 안 좋아 보이는데?"

출근한 정민은 좋지 않아 보이는 형범 상태에 걱정했다.

"별거 아닙니다. 잠을 잘 못 자서."

그 이후 형범의 꿈에는 그녀가 찾아오지 않았고, 형범은 그 꿈을 의식한 나머지 잠을 제대로 잘 수 없었다.

"괜찮은 거 맞죠?"

"네. 괜찮습니다."

업무시간이 되었고 팀장이 직원들에게 말을 전했다.

"우리 한세주 작가 신작을 다시 프로모션 하게 되었어."

직원들의 반응이 좋았다. 왜냐하면 한세주 작가는 책을 냈다 하면 대박이 나는 소설작가이기 때문이다. 지난번 작품은 50만 부 이상 판매한 탑 오브 탑 작가이다.

"작가님이 저번 작품이 너무 잘됐다고 이번에도 우리랑 함께하기로 하셨어. 그러니 이번에도 잘해야 하는데 이번 작가님 프로모션은 형범 씨에게 맡기고 싶어. 형범 씨 할 수 있지?"

모두가 형범에게 부러움의 눈빛을 보냈다.

하지만 형범은 딴생각에 빠져 집중하고 있지 않았다.

"형범 씨 잘 담당해서 할 수 있지?"

팀장이 다시 한번 형범에게 말했다.

"네. 잘 맡아서 해보겠습니다."

정신 차린 형범은 대답했다.

"오케이. 그럼 원고는 메일에 보내놨으니 확인하고 오늘 얘기는 여기까지."

팀장의 얘기가 끝난 후 모두가 각자의 일을 시작했다.

형범은 여전히 일에 집중이 되지 않아 잠시 자리를 떴다.

형범은 탕비실에서 차를 마셨다. 그는 여전히 그 꿈에 대해 생각하고 있었다.

그때, 정민이 탕비실로 들어왔다.

"형범 씨 정말 괜찮아요?"

정민이 형범을 걱정했다. 반면, 형범은 정민을 신경 쓸 겨를이 없었다. 이미 그의 머리와 마음에는 그녀가 가득 차 버려서.

"네. 괜찮습니다."

"한세주 작가님 프로모션 힘이 된다면 저도 도울 테니까 필요한 일 있으면 언제든 말해주세요!"

"네. 알겠습니다. 감사해요."

뭔가 힘들어 보이는 형범의 모습에 정민은 더 말을 이어가지 않고 자리를 피해줬다.

형범도 차를 다 마신 뒤 자기 자리로 돌아갔다.

어느새, 저녁 6시가 됐다.

모두 퇴근 준비를 하는데 팀장이 형범에게로 다가 왔다.

"형범 씨 오늘 한잔할까?"

"네. 알겠습니다."

그렇게 형범과 팀장은 함께 회사 밖으로 나갔다.

둘은 한 포장마차로 들어갔다.

"이모 여기 소주 한 병이랑 어묵탕 하나 주세요!"

팀장이 주문했다.

"뭐야? 무슨 일인데?"

팀장이 형범에게 물었다.

팀장은 형범을 아끼며 형범에게 있어서 정신적인 지주 같은 역할을 했다. 형제가 없는 형범은 팀장을 친형같이 잘 따랐다.

"아무것도 아닙니다."

"야. 내가 널 몰라? 너의 눈에 괴로움이 가득 담겨 있는데."

"형수님은 잘 계시죠?"

"갑자기 와이프는 근황은 왜 물어? 그 사람이야 뭐 열심히 집안일 하고, 아이들 케어하고, 박봉이라 맨날 나한테 뭐라 하지."

"잘 지내시나 보네요. 보기 좋습니다."

때마침 술이 나오고 둘은 서로의 술잔에 술을 따라 주었다.

"너는 언제 연애하고, 언제 결혼할 거야?"

팀장이 형범에게 물었다. 팀장의 물음은 형범의 마

음속에 콕 박혔다.

"그러게요..."

형범은 애써 씁쓸함을 감추며 말했다.

"좋아하는 사람은 있어?"

형범은 팀장의 말에 그녀가 떠올랐다.

"...있긴 있습니다..."

형범은 뜸 들이다 자신도 모르게 그 말을 내뱉었다.

"오! 누군데? 내가 아는 사람이야?"

"근데 이제 못 볼 거 같아요..."

형범은 쓰라린 마음에 한 잔 들이켰다.

"대체 누구길래... 너 이러는 것도 그 사람 때문이야?"

팀장은 진심으로 걱정되었다. 하지만 형범은 말없이 술만 들이켤 뿐이었다.

그렇게 시간이 지나고 형범이 한마디 내뱉었다.

"그 사람이 보고 싶습니다."

형범이 눈물을 쏟았다.

"야. 형범아 왜 그래?"

"그 사람이 너무 보고 싶어요. 너무 보고 싶은데 이제 볼 수가 없어요. 그 사람을 찾을 수가 없어요."

형범은 서글피 눈물지었다.

"야. 너무 취한 거 같다. 이만 가자."

팀장은 우는 형범을 일으켜 데리고 나갔다.

그럼에도 형범은 계속 울기만 했다.

형범의 집 앞에 택시가 도착했다.

형범은 택시에서 비틀거리며 내리는데 그때, 팀장이 형범에게 말했다.

"운명이라면 언젠가 만나게 돼. 그러니까 너무 힘들어하지 마라. 인연이라면, 운명이라면 언젠가 다시 만나겠지."

형범은 뒤돌아 팀장에게 인사하고 다시 집으로 향했다.

그리고 팀장이 탄 택시는 떠났다.

형범이 공동현관을 들어가려는데 누군가 형범의 옆에 나타났다.

"형범 씨 술 마신 거예요?"

정민이었다.

정민은 저번에 못 한 말을 전하려 지금까지 형범의

집 앞에서 기다리고 있던 것이다.

"어우! 술 냄새. 얼마나 마신 거예요?"

형범이 정민을 바라봤다.

"어! 드디어 만났다!"

형범은 술에 취해 정민을 그녀로 착각했다.

"드디어 찾았네. 내가 기다렸잖아요!"

"네? 무슨 말을 하는 건지?"

정민은 어리둥절했다.

형범은 정민에게 더 가까이 다가서려 하다 그대로 쓰러졌다.

"형범 씨! 정신 차려봐요! 형범 씨!"

정민이 그를 깨우려 하지만 미동도 하지 않았다.

정민은 어쩔 수 없이 형범을 그의 집안까지 끌고 들어갔다.

"어우! 무거워! 형범 씨 집에 도착했어요."

정민은 형범을 침실에 눕혔다.

"술도 잘 안 마시는 사람이... 뭐 때문에 이렇게까지 마신 거야..."

정민은 취한 형범을 안쓰럽게 바라보다 침실 밖으로 나갔다. 그녀는 형범의 집을 나서려는데 바닥에 떨어진 편지 봉투를 발견했다.

"이게 뭐지?"

그녀는 고민하다 그 편지 봉투를 열었다.

그 편지를 본 정민은 심각해졌다.

다음 날, 형범은 숙취에 괴로워하며 일어났다.

"아… 머리야…"

그는 일어나 침실 밖으로 나갔다.

물을 마시려던 형범은 탁자의 메모 하나를 발견했다.

'콩나물국 끓여놨으니까 해장하고 출근해요 -정민-'

형범은 어제의 일이 기억나지 않았다.

"정민 씨가 날 데리고 온 건가? 어제 뭐 실수한 건 없겠지…?"

형범은 기억나지 않는 어제 일에 실수했을까 봐 불안했지만, 출근을 위해 일단 정민이 만들어 준 콩나물국을 먹고 나갈 준비를 했다.

형범은 출근해 평소와 같이 동료들과 인사했다.

"속 괜찮냐?"

팀장이 형범에게 다가왔다.

"네. 괜찮습니다. 어제는 실례를 범한 거 같아 죄송합니다."

형범은 어제 일이 기억나진 않지만 뭔가 실수한 기분이 들어 사과를 했다.

"아니야. 그리고 힘든 일 있으면 언제든지 말해. 다 들어줄 테니까."

팀장은 손으로 형범의 어깨를 툭 친 뒤 자리로 갔다.

형범도 자기 자리에 앉은 뒤 일할 준비를 했다.

"출근하셨네요? 어제 많이 취해 보이셔서 못 할 줄 알았는데."

정민이 웃으며 형범의 옆자리에 앉았다.

"괜찮습니다. 그리고 제가 어제 실례를 범했네요. 콩나물국은 감사했습니다. 덕분에 잘 출근했어요."

"입에 맞으셨다니 다행이네요."

"혹시...제가 어제 뭐 실수하진 않았나요?"

형범이 뜸 들이다 정민에게 조심스레 물었다.

"없었어요. 그냥 취해서 뻗으신 거 말고는?"

정민이 웃으며 말했다.

"죄송합니다. 이 은혜를 어떻게 갚아야 하나…"

형범은 실수한 것 같아 어쩔 줄 몰랐다.

"소원권으로 퉁 치시죠?"

정민이 말했다.

"소원권이요?"

"딱 세 번, 소원 들어주기!"

"알겠습니다."

형범은 받아들였다.

"오케이! 퉁!"

정민은 형범의 오케이에 기분이 좋아 보였다.

"근데 저는 어제 팀장님이랑 술을 마셨는데 왜 정민 씨가 저를 집에 데려다주신 거예요?"

형범은 궁금했다. 왜 정민이 자신을 집안으로 데려다준 건지.

"아… 형범 씨한테 뭐 말하려던 게… 있어서 기다리다가… 취한 채 오는 형범 씨를 봤어요."

정민은 당황해 말을 머뭇거렸다.

"그렇군요. 어떤 말을...?"

"아니에요. 다음에 할게요."

정민은 황급히 말을 끊고 모니터를 보았다.

형범은 약간 이상했지만, 그냥 넘어갔다.

그는 컴퓨터를 켜 이메일에 들어가 어제 팀장이 말했던 한세주 작가 신작 원고를 확인했다.

그 소설의 제목은 '꿈에 그대', 형범은 천천히 원고를 읽기 시작했다.

그런데 점점 이야기를 읽을수록 형범은 경악을 금치 못했다.

아니, 놀랄 수밖에 없었다.

그는 계속해서 원고를 읽어 내려갔다.

아래로, 아래로, 그는 끝까지 그 소설을 다 읽었다.

소설을 다 읽은 형범은 충격에 휩싸여 있었다. 그리고 바로 한세주 작가에게 연락을 했다.

"안녕하세요. 한세주 작가님. 이번 작가님 신작 프로모션을 맡게 된 박형범이라고 합니다. 이번 프로모션 진행을 위해 연락을 드렸는데요..."

형범은 떨리고 긴장된 목소리로 한세주 작가와 연락을 이어갔고, 일주일 뒤 미팅하기로 약속을 잡았다.

일주일 뒤,

형범은 한세주 작가와 미팅하기로 한 카페에서 기다리고 있었다. 그는 일주일 동안 이날만을 기다려왔다. 그 이유는 한세주 작가 신작 속 이야기가 자신이 겪은 일과 똑같기 때문이다.

바로, 형범이 꿨던 그 꿈 이야기.

형범은 안절부절못하며 한세주 작가가 오기만을 기다렸다.

그리고 그가 기다리던 한세주 작가가 카페 안으로 들어왔다.

"안녕하세요. 한세주 작가님. 이번에 작가님 프로모션을 맡게 된 박형범이라고 합니다."

5. 네 번째 꿈

형범과 한세주 작가는 인사를 나눈 후 자리에 앉았다.

"이번 신작 프로모션을 어떻게 진행할 것인지 의논차 이렇게 미팅을 잡게 됐습니다."

"저도 빨리 미팅을 잡고 싶었습니다. 이번 작품은 저에게 있어서 의미 있는 작품이라."

"혹시 프로모션에 대해서 얘기 나누기 전에 작가님이 이 작품을 쓰신 이유가 궁금했었는데 여쭤봐도 될까요?"

형범은 자신이 궁금했던 것을 조심스레 물어봤다. 형범은 사실 프로모션 얘기보다 한세주 작가가 이 이야기를 쓴 이유를 듣는 게 중요했다. 자신에게도 영향이 있을 수 있기 때문에.

“사실 제가 겪은 일입니다.”

한세주 작가가 입을 열었다.

“이 작품 속 주인공처럼 저도 똑같은 꿈을 꿨습니다.”

형범은 한세주 작가의 말에 집중해서 듣기 시작했다.

“그리고 작품 속 이야기처럼 한 여자를 꿈에서 만나 사랑을 했죠.”

한세주 작가가 말을 계속 이어갔다.

형범도 계속해서 그의 말에 집중했다.

그렇게 한세주 작가는 자신이 겪었던 일, 그 후에 일, 이 작품을 쓴 이유 등 형범이 듣고 싶었던 말들을 다 해줬다.

“3번의 꿈을 꾼 뒤 그녀는 더 이상 제 꿈에 찾아오지 않았습니다. 그래서 그 꿈을 기억하고자 이 소설을 쓰게 되었습니다.”

한세주 작가는 덤덤히 얘기를 마쳤다.

“그렇군요. 그래서 이 소설을 쓰신 거군요.”

형범은 얼떨떨했다. 자신과 똑같은 일을 겪은 사람

이 있다는 게. 그는 신기하고 더 궁금한 것들이 많았지만 일단 프로모션에 대한 일들을 진행했다.

“그럼 미팅은 이렇게 끝내면 될 것 같습니다.”

길었던 둘의 미팅이 끝났다.

“그럼 제 작품이 출간될 때까지 잘 부탁드리겠습니다.”

둘은 자리에서 일어났다.

“작가님 혹시…그 사람 여전히 기억하고 계신가요? 어떤 사람이었는지, 어떤 모습이었는지.”

떠나려는 한세주 작가에게 형범이 물었다.

“네. 여전히 기억하고 있습니다. 아주 선명히.”

한세주 작가가 옅게 미소를 지으며 형범에게 말했다.

“그렇군요…”

“언젠가 만날 수 있다는 생각이 듭니다. 왜 그런 생각이 드는지 모르겠지만.”

한세주 작가가 말을 덧붙였다.

그 말은 형범에게 큰 위안이 되었다.

둘은 인사를 하고 자리를 떴다.

그때, 정민의 전화가 왔다.

“여보세요?”

"형범 씨? 저 정민인데요. 방금 제가 주소 하나 보냈는데요. 빨리 지금 거기로 오세요! 빨리요!"

정민은 전화를 끊었다.

형범은 정민의 행동이 의아했고, 일단 주소를 확인 후 그곳으로 이동했다.

영화관 앞, 정민이 준 주소를 찾아왔더니 이 앞이었다.

"형범 씨!"

정민이 영화관 앞에 서 있던 형범을 불렀다.

"시간 딱 맞춰서 오셨네요?"

"왜 저를 여기로 부르신 거죠?"

형범이 정민에게 물었다.

"오늘 타이타닉 재개봉 하더라구요! 요즘 형범 씨 뭔가 상태가 안 좋아 보여서 기분 좀 환기 시켜 드릴 겸, 저번에 타이타닉 좋아한다고 하셨던 게 생각나서 불렀어요!"

정민의 행동에 형범은 당황했다.

"그... 저... 그게..."

"얼른 와요! 영화 시간 늦겠다."

정민이 형범의 손목을 잡아 영화관으로 끌고 들어갔다.

형범은 어쩔 수 없이 함께 들어갔다.

상영관으로 들어간 둘은 좌석에 앉았다.

형범은 자리에 앉으며 지난 꿈속에서 그녀와의 일을 떠올렸다.

'보고 싶다.'

이렇게 타이타닉을 보러오니 그녀가 더욱 보고 싶었다.

"형범 씨는 왜 타이타닉을 좋아하세요?"

지난 추억에 빠진 형범에게 정민이 물었다.

그 물음에 지난번 그녀가 말한 대답이 떠올랐다.

"영화 속 주인공들이 나눈 사랑이랑 내가 추구하는 사랑이랑 비슷하거든요. 사랑은 시간이 아니라 운명과 진심으로 만들어진다는 걸, 마음만 같다면 찰나의 시간이라도 서로의 가슴속에 영원히 남을 수 있는 존재가 될 수 있다는 것을 타이타닉을 보며 느꼈어요."

형범은 지난번 꿈속에서 그녀가 한 대답과 똑같이 말했다.

"그렇군요. 되게 타이타닉에 진심이시군요."

정민이 형범의 답에 피식 웃었다.

영화는 시작되었고, 그 둘은 영화에 집중했다.

그리고 영화가 클라이막스에 도달했을 때쯤, 형범의 눈에서 눈물이 흘렀다. 지난 꿈에서의 그녀와의 순간들, 그때의 감정들, 그때의 모든 기억들이 눈물과 함께 형범의 볼을 쓰다듬으며 내려오고 있었다.

그 꿈에서 깬 뒤 형범은 애써 참아왔지만 타이타닉을 보니 무너져버리고 말았다.

그녀가 보고 싶어서.

정민은 우는 형범을 그저 바라봐 주었다.

그렇게 영화가 끝날 때까지 형범은 울었다.

둘은 영화가 끝나자 상영관을 나왔다.

"이제 다 우셨나요?"

정민이 농담으로 분위기를 풀려 했다.

"영화 보는 데 방해됐죠? 죄송해요."

형범이 머쓱해 했다.

"괜찮아요! 그렇게 울어서 형범 씨의 기분이 조금 나아졌다면 그걸로 만족합니다."

영화가 끝난 뒤 정말은 형범은 괜찮아진 듯했다.

"정민 씨 고마워요. 덕분에 나아진 거 같아요."

"그렇다면 다행이네요! 가끔은 마음에 있는 걸 끝까지 비워내면 마음이 편하더라고요. 그러니까 힘든 일 있으면 쌓아두지 말고 비워내세요. 아니면 옆에 사람에게 어느 정도 덜어내도 되고. 저는 항상 형범 씨 옆에 있으니까 힘든 일 있으면 말해도 돼요. 저는 준비 되어있으니까."

정민의 말에 형범은 감동을 받았다. 항상 아무렇지 않게 자신을 도와주는 정민이 고마웠다. 그는 그 꿈을 꾸고 난 뒤에 더 외로움을 느끼고 있었기 때문에 정민의 말이 큰 위로가 되어 다가왔다.

"고마워요. 정민 씨."

"그럼 이제 갈까요?"

정민은 형범이 어떤 상태인지 알기에 그가 안쓰러워 보였지만 오늘은 일단 여기까지 하기로 생각했다. 정민 알고 있다. 아직은 때가 아니라는 것을. 그래서 또 앞으로 나아가지 않았다.

형범과 정민은 영화관을 나와 지하철역으로 가고 있었다.

그때, 어떤 남성의 괴성이 들려왔다. 소리가 나는 쪽에는 사람들이 모여있었고, 그쪽을 보니 한 남자가 흉기 난동을 부리고 있었다.

"왜 다 나한테만 그래! 내가 뭘 잘못했다고!"

그 남자는 술에 취해 보였고, 불만이 가득해 보였다. 그리고 한 여성을 인질로 잡고 있었다.

"오기만 해봐! 이 여자 죽어!"

그 남자는 칼로 여성과 주위 사람들을 위협했다.

형범은 그 모습을 가만히 보고 있을 수가 없어 그 쪽으로 향하려 했다. 하지만 정민이 위험하다 말렸고 형범은 고민하다 가던 길을 다시 나섰다.

다행히 멀리서 경찰차 사이렌이 울려왔다.

그 남성은 사이렌 소리를 듣고 재빨리 도망쳤다. 인질로 잡고 있던 여성을 사람들 쪽에 던지고 그 틈을 타 사람들 사이에 빠져나왔다. 경찰들은 그 남성을 포착하고 그 남성을 쫓았다.

그러다 달려오던 그 남성과 정민이 부딪혔다.

그 남성은 넘어졌고, 정민도 발목이 접질렸다.

저 멀리 경찰이 다가오고 있었고, 남성은 도망치기를 포기했다. 어차피 잡힐 거 같아서. 남성은 자신과 부딪힌 정민을 째려봤고 화난 표정으로 칼을 집은 뒤 정민과 형범이 있는 쪽으로 다가왔다.

"망했어... 너 때문에 도망도 못 치고 망했어... 죽어버려!"

그 남성이 정민을 찌르려 손을 쭉 밀었다.

형범은 그 순간 꿈속의 모습이 떠올랐다. 그녀가 죽던 그 꿈.

'되풀이 돼서는 안 돼. 막아야 해.'

형범이 등을 돌려 정민을 보호했다.

"아아악"

남성의 칼이 형범을 찔렀고, 형범은 그대로 쓰러졌다.

"형범 씨! 형범 씨! 괜찮아요? 정신 좀 차려봐요!"

정민이 쓰러진 형범을 안았다.

"내가 찌른 건가?"

이성이 돌아온 남성은 자신이 벌인 일에 놀라 칼을 손에서 떨어뜨렸다.

"여기요! 사람이 칼에 찔렸어요! 제발! 제발 도와주세요!"

정민은 소리를 치며 주변에 도움을 구했다.

"꼼짝 마!"

늦었지만 경찰이 도착했고, 그 남성은 저항하다 경찰에 체포되어 경찰서로 이송됐다.

"형범 씨! 괜찮아요? 정신 좀 차려봐요!"

정민은 피가 흐르는 쪽을 손으로 지혈하며 형범이 괜찮기만을 바랐다.

마침, 구급차가 도착했고 형범을 실어 병원으로 이송했다. 정민도 동행하며 형범의 곁을 지켰다.

병원에 도착한 형범은 바로 응급수술에 들어갔고, 긴 수술이 끝난 뒤 형범의 집도의가 수술실을 나왔다.

"선생님, 형범 씨 괜찮은 건가요?"

정민이 수술실에서 나온 의사에게 형범의 상태를

물었다.

"다행히 깊이 찔리진 않았고, 급소도 피해 가서 일단은 위급한 상황은 넘긴 거 같습니다. 나머지는 경과를 지켜봐야 알 거 같습니다."

"감사합니다. 정말 감사합니다."

형범의 상태를 정민은 안도했다. 그리고 참아왔던 눈물이 터져 나왔다.

"나 때문에... 형범 씨가 나 때문에..."

정민은 자신이 좋아하는 형범이 자신 때문에 다쳤다는 것에 속상했다.

그때, 수술이 끝난 형범이 수술실에서 나왔다.

"형범 씨..."

그는 중환자실로 올라갔고, 정민은 그의 곁에 있어줬다. 그가 깨어날 때까지 그의 옆을 지켜줬다.

3일 후, 여전히 형범은 의식이 없었다. 팀장도 그의 병실을 찾았다.

"형범이 아직 안 깨어난 건가?"

팀장이 정민에게 물었다.

"네 아직이요."

"요즘 피곤해 보이고, 힘들어 보였는데 이참에 푹 쉬나 보네. 정민 씨는 괜찮아? 며칠 동안 형범이 옆만 지키고 있는데."

정민은 형범 사고 후 휴가를 내고 그의 곁을 지키고 있었다.

"저 때문인데요. 형범 씨 이렇게 된 거. 그러니까 제가 지켜야죠."

"너무 자책하지 마. 수술 잘 끝냈다며. 곧 일어날 거야."

팀장은 정민을 위로하고 형범을 보다 병실을 나섰다.

"언제쯤 일어나려나. 긴 꿈을 꾸고 있으신가?"

정민은 의식 없는 형범의 손을 잡고 그가 깨어나기만을 기도했다.

형범의 꿈속

"형범아…"

누군가의 목소리가 형범의 귓가를 울렸다.

'누구지…'

형범은 그 목소리에 반응했다.

"형범아... 괜찮아?"

영락없는 그녀의 목소리였다. 형범은 그녀의 목소리에 반응해 눈을 떴다.

"맞지? 너 맞지?"

형범은 눈을 떠 그녀가 맞는지 확인했다.

"응. 나 맞아. 몸은 괜찮아?"

형범의 앞에 서 있는 그녀는 울상을 짓고 있었다.

"왜 이제야 왔어? 내가 얼마나 기다렸는데..."

형범의 눈에는 어느새 눈물이 고였다.

"미안해... 나도 보고 싶었어..."

그녀가 형범의 옆에 앉아 형범의 뺨을 어루만졌다.

"또 이러고 떠날 거지?"

형범은 그녀가 또 사라져 버릴까 봐 불안했다.

"미안해. 내가 미안해."

괴로워하는 형범을 보고 있자니 그녀는 마음이 아팠다.

"나 아직 아파. 아직 다 안 나았고, 회복 하려면 오래 걸리니까 그때까지 내 옆에 있어."

형범은 그녀의 손을 잡았다.

“미안해. 나 이제 가야 해.”

그녀는 형범의 손을 놨다.

“가지 마. 가지 말라고. 제발.”

형범은 그녀를 잡으려 몸을 일으키려 했지만, 그녀는 그의 눈앞에서 조금씩 사라지고 있었다.

“또 만나자! 그때까지 기다리고 있을게. 부디 꼭 만나자!”

그녀는 그렇게 형범의 눈앞에서 사라졌다.

“안돼. 가지 마. 가지 말라고.”

형범은 울부짖었다. 하지만 그녀는 사라진 뒤였고, 그의 꿈도 점점 끝이 다가오고 있었다.

“또 나만 남기고 가버리면 어떡하라고.”

6. 다가오는 봄날

형범이 조금씩 눈을 떴다.

"형범 씨! 괜찮아요?"

정민은 의식이 돌아온 형범을 발견했다.

"얼른 의사 선생님 불러올게요."

그때, 형범은 정민의 손목을 잡았다.

"가지 마."

"괜찮아요. 얼른 올게요!"

정민은 형범을 안심시키고 병실 밖을 나갔다.

"다행히 의식도 돌아왔고, 검사 결과도 다 좋으니 금방 퇴원하실 수 있을 것 같습니다."

다행히 형범의 상태를 확인 후 괜찮다는 진단을 내

렸다.

“감사합니다! 선생님 정말 감사합니다!”

그 이후 형범은 일반 병실로 옮겨졌다.

“제가 얼마나 걱정했는지 알아요?”

정민이 괜찮아진 형범을 보고 안도했다.

“미안해요. 걱정시켜서.”

“그리고 고마워요. 날 지켜줘서.”

정민은 형범에게 고마움을 전했다.

“아니에요. 지킬 수 있어서 다행이었습니다.”

“이제는 제가 지킬게요. 형범 씨 퇴원할 때까지 제가 옆에 있을게요.”

“안 그러셔도 되는데.”

“아니요. 그렇게 할 거예요.”

단호한 정민의 모습에 형범도 어쩔 수 없었다.

“잠시 간호사님께 물어볼 거 있어서 잠시 다녀올게요.”

정민이 나가려는 순간, 형범이 그녀를 잡았다.

“정민 씨 혹시... 아니에요.”

그녀의 손목을 놓았다.

"얼른 갔다 올게요."

형범은 자신이 의식이 없을 때 꿨던 꿈 때문에 이상한 느낌을 받았다. 어떤 사람을 만난 거 같은데 누구였는지 기억이 나지 않았다.

사실 그 사고 이후 그녀에 대한 기억이 사라지고 있었다. 기억 속에서 그녀가 지워지고 있었다.

그날 밤, 영우가 형범을 찾아왔다.

"요! 괜찮냐?"

영우는 평소처럼 밝게 들어왔다.

"응. 괜찮아."

"너 칼 맞았다며? 대박"

영우는 장난스레 형범의 옷을 들치며 수술 자국을 찾았다.

"아! 하지 마! 나 아직 환자야!"

"그래도 다행인 거 같아 보여 다행이네."

영우는 형범을 주려 가져온 꽃을 선반 위에 놓았다.

"야. 있잖아. 내가 할 말이 있는데."

의자에 앉으려는 영우에게 형범이 말을 걸었다.

"내가 어떤 사람을 만난 거 같은데 기억이 안 나. 어떻게 생겼는지, 어떤 모습이었는지, 분명히 누군가를 만났고 중요한 사람인 거 같은데 기억이 나지 않아. 미묘한 감정만 남아 있고."

형범은 자신이 느끼고 있는 것들을 영우에게 말했다.

"흠... 어디서 만났는데?"

"그것도 기억이 안 나."

"예뻤냐?"

"아... 진짜!"

장난스러운 영우의 태도에 형범은 짜증이 났다.

"정말 중요한 사람이라면 언젠가 기억나지 않을까? 어떻게든 기억을 해내겠지."

영우는 다시 진지하게 대답해 줬다.

"그럴까?"

둘은 다시 시시콜한 얘기를 나눴고, 취침 시간이 되자 영우는 집으로 갔다.

"형범 씨 일어났네요?"

다음 날 아침, 형범이 아침 밥을 먹고 있는데 정민이 병실 문을 열고 들어왔다.

"출근 안 하셨어요?"

들어오는 정민을 보고 형범은 놀랐다.

"제가 말했잖아요. 형범 씨 퇴원할 때까지 제가 지킨다고."

"안 그러셔도 되는데."

형범이 말은 이렇게 했지만 고마웠다. 자신의 옆을 지켜주고, 외롭지 않게 해줘서.

"앞으로도 이렇게 옆에 있을 거예요. 은혜 갚아야 하니까."

정민은 형범의 옆에서 간호를 지극 정성으로 했고, 그 덕분에 얼마 지나지 않아 퇴원했다. 그리고 얼마 후 회사에 복귀했다. 퇴원 뒤에도 정민은 형범을 챙겼고 붙어있는 시간이 늘어났다. 서로 만나 밥도 먹고, 영화도 보고, 여러 가지 많이 했다. 그렇게 둘은 가까워지고 있었다. 그러면서 형범의 기억 속에 그녀는 많이 열어 져갔다.

한 달 뒤, 형범은 신작 출간 차 회사에 들른 세주

와 만났다.

“작가님 오랜만입니다.”

“안녕하세요. 형범 씨. 잘 지내셨어요?”

“뭐. 바쁘게 지냈습니다.”

둘은 인사를 나눴다.

“덕분에 이번 신작 잘 출간할 수 있었습니다.”

“다 작가님이 작품을 잘 쓰신 덕인데요. 뭘.”

“그럼 다음에 또 뵙겠습니다.”

형범은 그를 배웅했다.

“아. 작가님 마지막으로 궁금한 게 있는데요. 이번 작품을 너무 재밌게 봐서 궁금한데요. 작가님이 그 작품의 주인공이라면 그녀를 만났을 때 알아보실 수 있으시겠어요?”

형범이 머릿속에 이 질문이 떠올라 떠나려던 그에게 물었다.

“음… 저는 알아볼 수 있을 거 같아요. 그 순간이 온다면 알아볼 거 같아요.”

한세주 작가가 흔들림 없이 말했다.

“그렇군요. 조심히 들어가세요.”

그를 보낸 형범은 이상한 느낌을 받았다. 뭔가 기억날 듯 말 듯 한 느낌. 뭔가 중요한 걸 잊고 있는 듯한 느낌. 알 수 없는 복잡미묘한 감정이 들었지만 정신을 차려 그 느낌은 뒤로하고 다시 사무실로 복귀했다.

"한세주 작가님 만나셨어요?"

정민이 들어오는 형범에게 물었다.

"네. 인사 나누고 왔습니다."

"이번 책도 대박 날 거 같아요. 벌써부터 사람들 반응이 뜨겁데요!"

정민은 기분이 좋아 보였다.

"다행이네요."

반면, 형범은 아무렇지 않아 보였다.

"형범 씨. 저 오는 형범 씨에게 할 말 있는데 저녁에 같이 밥 먹을래요?"

정민은 오늘 자신의 마음을 형범에게 전할 생각이다.

"오늘요? 그래요. 그럼"

"뭘 먹어야 하나..."

정민은 벌써부터 두근두근 됐다.

둘은 같이 퇴근한 후, 한 식당으로 들어갔다.

둘은 평소와 같이 밤을 먹으며 시시콜콜한 얘기를 나눴다.

그때, 정민은 가방에서 무언가를 꺼냈다.

"한세주 작가님 신작 잘 마무리한 기념으로 수고했다 주는 선물이에요!"

"이게 뭐예요?"

형범은 부끄러워하며 선물 상자를 열어 보았다.

상자 안에는 빨간 팔찌가 있었다.

그 순간, 형범의 머릿속에 그때의 기억이 떠올랐다. 지난날에 꿨던 그 꿈.

"고마워요. 예쁘네요."

잠깐 스쳐 간 기억 때문에 형범은 이상했지만 아무렇지 않게 넘기고 정민에게 고마움을 표현했다.

"형범 씨에게 잘 어울릴 거 같아서 샀어요."

정민은 형범의 모습에 뿌듯해했다.

둘은 식사를 이어나갔고, 분위기는 좋았다.

식사가 끝난 둘은 식당 밖으로 나와 같이 걸었다.

"오늘 말할 거 있다고 하시지 않으셨어요?"

형범이 정민에게 물었다.

"아...맞다..."

정민은 잠시 발걸음을 멈췄다.

"있잖아요... 형범 씨..."

형범도 멈춰 서 그녀를 바라봤다.

"사실 저 형범 씨를 좋아해요."

그녀가 그동안 숨겨온 마음을 형범에게 전했다.

형범은 놀랐다. 아니, 사실은 어느 정도 느끼고 있었다. 자신이 힘들 때나 아플 때 챙겨 주던 정민의 모습에 약간은 그럴 수도 있겠다는 생각을 하고 있었다.

"아..."

그래도 형범은 막상 정민의 마음을 마주하니 말을 쉽게 꺼낼 수 없었다.

"오래전부터 좋아했어요. 항상 옆에서 지켜봐 왔어요."

정민은 열심히 자신의 마음을 전했다.

"그렇다고 형범 씨의 대답을 강요하진 않을게요. 그냥 형범 씨가 좋다, 앞으로도 함께 하고 싶다는 이 마음을 전하고 싶었을 뿐이에요."

형범은 정민의 진심을 느꼈다. 그리고 정민과 함께 했던 시간을 돌아봤다. 힘들 때마다 곁에 있어 준 정민이었다.

그녀와 나눴던 이야기들, 함께 했던 순간들, 웃게 해준 그녀의 행동들 모두 고마웠다.

형범은 고민하였고, 고민 끝에 정민의 고백을 받아 줄 생각이었다.

그래서 답을 하려 입을 떼려는 그 순간, 벚꽃잎이 흩날렸다.

아직 벚꽃 나무가 피어있었다. 이미 져버리고 남을 시기인데 아직 여기엔 피어있었다. 너무도 아름답게.

그리고 한 모습이 형범의 머릿속을 스쳐 지나갔다.

꿈에서 만났던 그녀의 모습이, 함께 했던 순간들이, 그리고 그녀의 고백이.

"미안해요."

형범이 나지막이 말했다.

형범은 정민이 좋은 사람이란 걸 알았고, 자신을 위해주던 그녀의 행동과 그녀와 함께했던 시간이 즐

거웠기에 받아들이려 했지만, 찰나의 순간에 그 마음이 바뀌었다. 그녀에 대한 기억이 살아나면서 그때의 감정들이 다시 떠올랐기 때문이다.

"그렇군요. 괜찮아요. 사실 형범 씨가 누군가를 마음에 품고 있다는 걸 알고 있었어요."

정민은 애써 웃으며 말했다.

형범이 술에 취했던 그 밤,

정민은 형범의 집에서 한 편지를 읽었다.

그녀에게

그대가 보고 싶은 마음에 이렇게 글을 남겨요.

이렇게 시간이 지났음에도, 그저 꿈이란 걸 아는데도

왜 나는 그대가 보고 싶을까요?

처음 본 순간부터 어쩌면 난 그대를 좋아했는지도 모르겠어요.

그대가 처음 내 이름을 불렀을 때는 나의 심장이 쿵 내려앉았고,

그대가 처음 내 손을 잡았을 때는 가슴이 벅 차왔고,

그대가 처음 내게 고백했을 때는 가슴이 아려와 울 것만 같았고,

그대가 처음 나를 안았을 때는 나의 진심을 알게 되었고,

그대가 처음 내게 입 맞췄을 때는 그대가 나의 세상이 되었어요.

처음부터 그대는 나에게 특별한 사람이었고,

그대와 함께 한 시간, 들은 나에게 특별한 순간이 되었습니다.

그대를 보면서 여러 알 수 없는 감정과 생각들이 들었지만

단 하나, 명확하게 말할 수 있는 것을 그대를 사랑했다는 거예요.

그대가 마지막에 말했죠, 다시 만날 거라고.

나는 그 말을 믿어요.

내가 꼭 찾아갈게요. 그대를.

그리고 그때는 내가 먼저 알아볼게요.

그리고 내가 먼저 말할게요. 사랑한다고.

그럼 곧 봐요.

그대를 그리워하는 사람이

지난날에 형범이 쓴 편지였다.

"사실 다 아는데 말할 수밖에 없었어요. 저도 오래 참아온 마음이라... 그래도 말하고 나니 속은 후련하네요."

정민은 형범을 의식하듯 웃어 보였다.

"미안해요."

형범은 다른 말은 할 수 없었다. 정민과 함께해 좋았지만 딱 거기까지였다. 그녀에게 마음을 주기에는 이미 누군가 가져가 버렸기 때문이다.

"미안하단 말 금지. 저 저번에 얻은 소원권 쓸게요."

정민이 형범에게 손 내밀었다.

"형범 씨가 미안해하지 않기, 고백했다고 어색해하지 않기, 예전처럼 그냥 친한 친구 사이로 지내기! 소원권 3개 다 쓸게요."

형범은 미안한 눈빛으로 정민을 바라보았다. 그리고 고마웠다. 여전히 자기를 위해 배려하는 정민의 행동이. 그러기에 더욱 미안한 마음이 커졌다.

정민은 악수하자는 의미로 손을 흔들었다.

"얼른 소원 들어주세요."

형범은 마지못해 정민과 악수를 했다.

"이제 소원 들어주는 겁니다. 이제 오늘은 여기서 그만 헤어지죠. 내일 회사에서 봐요!"

정민은 형범의 손을 놓고 뒤돌아 가버렸다.

형범은 우두커니 서서 떠나가는 정민의 뒷모습을 바라보았다.

'잘한 걸까?'

한참을 바라보다 형범도 길을 나섰다.

정민은 한참을 걷다 잠시 멈춰 뒤를 돌아보았다. 형범이 서 있던 자리에는 아무도 없었다.

그녀는 그제서야 주저앉아 울기 시작했다.

"이제 끝이네... 이제 끝이야... 많이 좋아했는데..."

정민은 한참을 주저앉아 울었다.

형범은 길을 걷다 한 영화관 앞에 멈췄다.

그는 영화관 상영작들의 포스터를 보다 아직 타이타닉이 상영 중이라는 것을 알게 됐다.

"아직도 하네..."

형범은 그냥 지나치려다 알 수 없는 이끌림 때문에

영화관으로 들어가 타이타닉 표를 샀다.

그는 많은 커플 사이를 비집고 혼자 상영관으로 들어갔다. 저녁이지만 꽤 많은 사람들이 타이타닉을 보러왔다.

"은근 사람이 많네?"

그 사람들 사이에 형범도 좌석에 앉아 타이타닉이 시작하기만을 기다렸다.

그리고 얼마 지나지 않아 영화가 시작됐다.

그 꿈을 꾼 후, 일주일에 한 번씩 보던 타이타닉을 맘 편히 쳐다보지도 못했던 형범이었지만 이번에는 처음부터 끝까지 맘 편히 볼 수 있었다.

어느새 몰입해서 보다 보니 영화는 끝이 났다.

"역시는 역시지."

형범은 만족하며 상영관을 빠져나왔다.

그때 한 여자가 형범의 옆을 스쳐 지나갔다.

형범은 어떠한 느낌을 받았다.

아련하고 그리웠던 향기, 편안하지만 가슴이 저릿한 느낌, 떨려옴과 동시에 먹먹해지는 뒷모습.

그는 그 느낌만으로 누구인지 알 수 있었다.

그녀를 보려 하자 이미 많은 사람들 속에 섞여버린 후였다.

형범은 그녀를 찾기 위해 사람들 사이를 비집고 나아가기 시작했다. 그리고 한 여자를 발견했다.

형범은 그 여자에게로 다가갔고, 그녀의 손목을 잡았다.

"뭐에요? 누구세요?"

그 여자가 놀라며 뒤를 돌아봤다.

형범이 찾던 그녀였다.

"왜 그러세요?"

그녀가 형범을 쳐다봤다.

어느새 형범의 눈에는 눈물이 고여있었다.

"드디어 찾았다."

봄의 끝자락에서 또 다른 봄이 형범에게 다가오고 있었다.

에필로그

7. 에필로그(1)

100일 당일, 그녀가 한 식당으로 형범을 데려갔다.

“안녕하세요. 이연재 이름으로 예약했는데요.”

그녀가 사장에게 예약을 확인했다.

“저기 창가 자리입니다.”

사장이 둘을 자리로 안내했다.

“편하게 메뉴 정하시고 말씀해 주세요.”

사장이 떠나고 둘은 메뉴를 정하기 시작했다.

“일단 스테이크 하나씩 시키고 파스타는 어떤 걸로 할래?”

그녀가 형범에게 물었다.

“난 오일 파스타 좋아해.”

형범이 메뉴판을 보며 말했다.

"역시. 형범이랑 나는 통한다니까! 그럼 파스타는 오일 파스타로! 스테이크 굽기는?"

"나는 미디움 웰던"

그녀는 주문하려 사장을 불렀다.

"저희 등심 스테이크 2개에 오일 파스타 하나 주문할게요. 스테이크 굽기는 미디엄 웰던 하나, 미디엄 레어로 해주세요."

그 모습을 지켜보던 형범은 피식 웃었다.

예전에 꿨던 꿈속의 모습이 떠올랐기 때문이다.

"그때 말한 얘기를 이제야 알게 됐네."

형범이 미소 지으며 중얼거렸다.

"왜 웃어?"

그녀가 이상하게 형범을 바라보았다.

"그냥. 뭔가 떠올라서."

"이상한 생각 하는 건 아니지?"

그녀는 계속 웃고 있는 형범이 이상했다.

반면, 형범은 너무 기분이 좋았다. 꿈이 이뤄진 것만 같아서.

마침 음식이 나오고 둘은 맛있게 먹기 시작했다.

"아. 오늘 또 뭐하지? 이거 먹고 카페 갈까? 인형 뽑기도 하고 싶고, 커플링도 만들..."

그녀는 들떠있었다. 형범은 그런 그녀의 모습을 바라보고 있었다.

"연재야 사랑해!"

형범이 신나 있는 그녀를 보다 나지막이 내뱉었다.

"뭐라고?"

그녀가 깜짝 놀랐다. 아직 서로 사랑한다고 말한 적이 없었기 때문이다. 서로 사랑한다는 말은 무겁고 쉽게 뱉으면 안 되는 말이라는 것을 알고 있었기에 쉽게 하지 못하고 있었다.

"연재 너를 사랑한다고."

그 말을 한 형범의 얼굴은 빨개지고 있었다.

"형범아... 나도... 나도 사랑해."

그녀도 답을 했다. 그녀의 눈에는 눈물이 고인 듯했다.

형범은 반대편에 있는 그녀의 손을 꽉 잡았다.

"이 손 앞으로 쉽게 놓지 않을게. 내가 할 수 있는

최선을 다해 오랫동안 너의 곁에 있을게."

형범은 자신의 진심을 최선을 다해 그녀에게로 보냈다.

"나도... 나도 그럴게... 나도 최선을 다해 너를 사랑할게."

그녀는 눈물을 흘리며 최선을 다해 형범에게 답했다.

그렇게 둘은 꿈만 같은 100일을 보냈다.

8. 에필로그(2)

형범은 아침 일찍 나갈 준비를 하고 있었다.

오늘은 2주년이 되는 날이었다.

형범은 옷을 다시 한번 확인하고, 반지 케이스를 챙겼다.

“드디어 오늘이 왔네.”

형범은 오늘 그녀에게 프러포즈할 생각이었다. 오랜 시간 그녀와 함께하며 좋았고, 이 사람이라면 평생을 함께하고 싶다는 마음이 들었었다. 그래서 2주년이 된 겸 프러포즈도 할 생각이었다.

형범은 막상 하려니 떨렸고 천천히 마음을 가다듬은 후 집을 나섰다.

햇볕이 따스한 봄날이었다

형범은 그녀와 만나기로 한 카페 앞 테라스에서 그녀를 기다리다 잠시 졸았다.

그때, 형범의 귓가에는 자신을 부르는 한 여성의 목소리가 들려왔다.

“야. 박형범. 또 자고 있어?”

그녀였다.

그녀는 형범의 앞에 심통 난 듯한 모습으로 서 있었다.

형범은 그녀를 올려다보았다. 그리고 이상한 느낌이 들었다.

‘이 상황 어디서 본 거 같은데...“

형범은 눈을 비비며 그녀를 보았다....

“일찍 오면 뭐 해. 항상 자고 있는데.”

노란 원피스에, 검은 부츠를 신은 그녀는 두 손을 허리에 올리고 형범을 보고 있었다.

“아! 맞다!”

형범은 지난날의 꿈이 떠올랐다. 그녀를 처음 보게 된 그 꿈과 비슷해 보였다. 아니 똑같은 느낌이 들었다.

“뭐가 맞아. 얼른 일어나. 밥 먹으러 가게.”

그녀가 형범의 손을 잡고 가려 했다.

형범은 그 꿈을 다시 떠올렸다. 그 꿈은 어땠고, 결말은 어땠는지.

그리고 형범은 발걸음을 멈췄다.

“연재야. 우리 오늘 다른 곳 하자.”

“뭔 소리야? 오늘 식당이랑 할 거 예매 다 해놨는데.”

“그냥 우리 오늘은 맘 가는 데로 하자. 계획대로 하지 말자.”

형범은 그 꿈의 결말이 떠올라 그 꿈과는 다르게 행동하고 싶었다. 혹시 모르니까. 그 꿈과 똑같이 흘러갈까 봐.

“우리 둘만 있으면 되잖아. 그러니까 오늘은 맘 가는 데로 놀자,”

형범이 그녀를 설득했다.

“그래… 알았어.”

그녀는 형범의 행동이 못마땅했지만, 형범을 따라

주기로 했다.

형범은 안심하고 그녀를 예정과 다른 곳으로 이끌었다.

예정대로 된 일은 하나 없었지만 둘이 함께라 더없이 행복한 하루를 보냈다.

어느덧 해가 지고 밤이 되었다.

둘은 걷다 보니 어느새 그녀의 집 앞에 와 있었다.

"연재야. 나 할 말이 있는데 잠시만."

형범은 자켓 주머니에서 무언가를 꺼냈다.

반지 케이스였다. 그리고 그 케이스를 열었다.

그 안에는 아름다운 다이아 반지가 있었다.

"내가 오랫동안 생각 해봤는데 너와 함께라면 힘든 것보다는 행복한 게 클 거 같아서."

"뭐야?"

그녀는 놀랐고 눈에는 눈물이 고이기 시작했다.

"그래서 말인데 처음에 내게 와줬듯이... 매일 나와 꿈같은 나날들을 함께 보내주겠니?"

형범이 진심을 다해 프로포즈를 했다.

어느새 그녀는 눈물을 흘리고 있었다.

"당연하지. 네가 아니면 내가 누구랑 결혼하겠어."

형범은 그녀의 약지 손가락에 반지를 끼워주었다.

"사랑해."

"나도 사랑해."

그렇게 둘은 머지않아 결혼식을 올렸다.

모두에게 축하받는 결혼이었고, 무엇보다 둘이 너무 원했던 결혼이라 축복 속에 결혼식을 마쳤다.

운명이라 해서 싸우지 않는 것은 아니다. 둘은 결혼 중에도 여러 번 다퉜고, 큰 싸움으로 번지기도 했지만, 그때마다 회피하지 않고 마주 보며 서로를 위해 한 걸음씩 물러나 줬다.

서로를 사랑하기에 할 수 있는 행동이었다. 서로의 다름을 이해하고 받아들이며 서로를 아껴줬다. 그렇게 서로를 사랑했다.

그 꿈과는 다르게 오랫동안 서로의 곁을 지켜줬고, 마지막 순간에도 서로를 마주 보며 사랑했다.

그렇게 둘은 운명 같은 사랑을 했다.

첫사랑

9. 첫사랑

한 소년과 한 소녀가 살았다.

그 둘은 둘도 없는 친구이자 유일한 가족이라 생각하고 있었다.

소년의 아버지는 일용직 일을 하다가 2년 전 사고로 죽었고, 어머니는 소년이 어렸을 때 집을 나갔다.

반면, 소녀의 아버지와 어머니는 잘나가는 사업가였고 능력 있는 의사였다. 하지만 2년 전 소녀와 함께 가족 여행을 갔다가 사고로 사망했다.

그 사고에서는 소녀만 살아남았고, 그렇게 소녀는 혼자가 되었다.

어렸을 때부터 같은 유치원, 같은 학교를 나와 소

꿉친구였던 둘은 비슷한 시기에 비슷한 사고를 겪은 뒤 더 붙어 다니며 끈끈한 사이가 되었다.

“소현아, 오늘 수행평가 준비 다 했어?”

소년은 멀리서 소녀를 발견하고 그녀를 향해 달려와 말을 걸었다.

“응. 너는?”

“나는 어제 아르바이트가 늦게 끝나서 제대로 못 했어.”

소년은 아버지를 잃은 뒤 물려받은 작은 집에 살았고, 스스로 돈을 벌며 생계유지를 했다.

“조금 있다가 내 꺼 보고 해.”

소녀는 사실 소년을 좋아하고 있었다. 어렸을 때부터 괴롭힘을 받고, 따돌림을 당할 때면 소년이 와 소녀를 구해주었다. 부모님이 돌아가셨을 때도 소년은 장례가 끝날 때까지 소녀의 옆을 지키며 소녀를 보살폈다. 그런 모습에 소녀는 소년을 좋아했다.

“정말? 고마워.”

둘은 언제나처럼 함께 등교했다.

"야. 너 돈 많다며? 부모님 돌아가실 때 많이 물려주고 갔다는데 진짜야?"

껄렁껄렁한 무리가 소녀에게 다가와 시비를 걸었다.

"우리 친하게 지내자. 얼굴도 반반하고, 돈도 많고. 우리랑 잘 맞을 거 같은데?"

무리 중 한 남학생이 소녀에게 말했다.

그렇지만 소녀는 대꾸도 하지 않았다.

"야. 사람이 말을 하면 눈을 쳐다봐야 할 거 아니야?"

무리의 한 여학생이 소녀의 턱을 손으로 들어 올렸다.

소녀는 아무 말 없이 여학생을 째려봤다.

"야. 째려보면 어쩔 건데? 부모도 잡아먹은 년이."

소녀가 책상을 팍 치며 일어났다.

"뭐. 해보자는 거야?"

여학생은 소녀의 머리끄덩이를 잡았다.

"아아아악!"

소녀와 여학생이 서로의 머리를 잡으며 싸웠다.

"너희 뭐야!"

그 순간, 소년이 교실 문을 지나 소녀 쪽으로 다가왔다.

"진혁이다. 진혁이."

그 무리는 소년의 등장에 굳었고, 소년의 목소리를 들은 여학생도 소녀의 머리를 놨다.

"진혁아. 무슨 오해가 있는 거 같은데."

무리가 소년에게 해명을 하기 시작했다.

"너희가 소현이 건드렸냐?"

소년은 그 무리를 훑었다.

"그게 아니라 친구 한 명이 말실수해서 이런 상황이 됐네. 사과시킬게. 야! 사과해."

그 무리의 남학생이 여학생 보고 사과를 시켰다.

"아... 미안 내가 말실수를 했어. 다시는 안 그럴게."

여학생은 자존심이 상하는지 인상을 쓰다 끝내 소녀에게 사과를 했다.

소녀는 아무 말 없이 교실 밖으로 나가버렸다.

"너희 소현이 괴롭히면 그때는 다 끝인 거다."

소년은 무리에게 경고하고 소현이 뒤를 따라갔다.

"소현아! 박소현!"

소년이 불렀지만, 소녀는 못 들은 척 그냥 무시했다.

"괜찮아? 사람이 부르면 기다려 줘라."

소년이 소녀의 손목을 잡았다.

"그냥 가."

소녀는 고개를 숙이며 나지막이 말했다.

"왜 그래?"

소년은 몸을 낮춰 소녀의 얼굴을 보았다.

소녀의 눈에는 눈물이 고여있었다.

"왜 그래? 왜 울어?"

소년이 소녀의 고개를 들게 했다.

"나 때문이래. 다들 나 때문에 내 부모님이 죽었대. 근데 그게 맞아서 더 화가 나고 아파."

소녀가 참았던 눈물을 터뜨렸다.

"아니야. 너 때문 아니야."

소년은 소녀를 꼭 끌어안았다.

"아파하지 마. 너 때문 아니니까 제발 그 일로 아파하지 마."

소년은 언제나처럼 소녀의 옆에서 위로해줬다.

"진혁아. 너는 내 곁을 떠나면 안 돼. 알았지? 너는 항상 내 곁에 있어 줘야 해. 응?"

소녀가 울먹이며 소년에게 말했다.

"알았어. 난 항상 너의 옆에 있을 거야."

소년이 소녀를 더 꼭 안아주었다.

한참 동안 그렇게 소녀는 소년의 품에서 울었다.

둘은 하교 후 같이 놀이터 그네에 앉아 아이스크림을 먹었다.

"너는 부모님 보고 싶을 때 없어?"

소녀가 소년에게 조심스레 물었다.

"부모님? 엄마는 정말 나 어렸을 때 본 뒤로 도망쳤으니까 기억이 없어서 딱히 보고 싶지 않고, 아버지는... 아버지는 매일 보고 싶지. 너무도 내게 좋은 분이셨으니까. 항상 나를 위해 노력하셨고, 사랑해 주셨으니까. 집에 있을 때도 보고 싶고, 일할 때도 보고 싶고. 계속 보고 싶지."

소년은 자신의 속마음을 덤덤히 내뱉었다.

"그렇구나... 항상 괜찮아 보여서 이젠 아무렇지 않은가 했어..."

소녀는 소년의 말에 소년이 안쓰러워 보였다. 자신과 똑같은 일을 겪은 소년이 지금까지 힘들지만 괜찮은 척해 보였다는 그 사실에 마음이 아파 왔다.

"너도 똑같잖아. 너도 항상 꾹 참잖아."

소년이 소녀를 보고 말했다.

"난 그래도 가끔 털어놓잖아."

"나도 너의 말을 들으며 참아내는 거야. 그래도 내 곁에 네가 있구나. 아직 내 옆에 네가 남아 있구나. 그렇게 위안을 해."

소년의 말에 소녀는 설렜다.

"그러니까 우리 이제 서로에게 기대자. 서로 힘들 때 서로의 가족처럼 힘이 되어 주자."

소년이 소녀를 보며 말했다.

"약속?"

소년이 새끼손가락을 내밀었다.

"응. 약속!"

소녀가 수줍게 소년의 손가락에 자신의 손가락을

걸었다.

"아! 그리고 나 내일 저녁에 아르바이트 없는데 같이 놀러 갈래?"

소년이 자리를 일어나며 말했다.

"좋아!"

"그럼 내일 아침에 보자."

"응"

소년은 아르바이트하러 자리를 떠났고, 소녀는 떠나는 그의 뒷모습을 바라보았다. 소녀는 소년과의 약속에 설레었고 내일은 자신의 마음을 고백하기로 마음을 먹었다.

다음 날 점심

소년은 친구들과 축구를 하고 있었고, 소녀는 그런 소년을 지켜보았다.

그때, 달리던 소년이 쓰러졌다.

"진혁아! 왜 그래! 일어나 봐!"

함께 하던 친구들이 소년에게 달려가 그를 깨웠다.

그 모습을 본 소녀도 자리에서 일어나 소년에게 달

려갔다.

"진혁아! 일어나 봐! 갑자기 왜 그래!"

소녀는 소년에게 달려와 그를 깨웠다.

"얼른 선생님 부르고! 119에 신고해!"

친구들은 얼른 자신들이 할 일을 했다.

"진혁아 일어나 봐! 정신 좀 차려 봐!"

반면, 소녀는 패닉상태였다. 지난날의 기억들이 떠올랐기 때문이다. 혹시나 부모님처럼 소년이 자신의 곁을 떠나 버릴까 봐 무섭고 두려웠다. 그래서 소녀는 뭘 해야 할지도 몰랐다.

다행히 얼마 있다가 구급차가 왔고 소년을 실어 갔다. 소녀도 동행했다.

소년은 선천적 심장병이었고, 살려면 심장 이식을 받아야 했다. 그러지 않을 시 얼마 지나지 않아 죽게 된다.

그 말을 들은 소녀의 세상은 무너져 내렸다. 소녀에게 남아 있는 유일한 친구이자 가족인 그가 심장병이라는, 곧 죽는다는 소리를 듣자 소녀의 머릿속이

하얘졌다.

"유감이지만 얼마 남지 않은 것 같습니다."

의사가 소녀에게 차분히 말했다.

소녀는 주저앉았다.

'죽는다니. 또 소중한 사람이 내 곁을 떠나간다니. 이런 게 어디 있어. 왜 나한테만. 왜 나한테만 이런 일이 일어나? 왜 나한테만 이러는데.'

소녀는 슬픔을 넘어서 화가 나고 분했다. 그러다 눈물을 쏟았다. 정말 소년도 나를 떠나는가 하고. 그리고는 의사를 잡아 부탁했다.

"제발 진혁이 살려주세요. 제 심장이라도 줄 테니까. 제발 진혁이만은 살려주세요. 제발요."

소녀는 애절하게 의사를 붙잡았다.

"학생 유감이지만 그건 안 됩니다. 학생은 아직 미성년자고 심장 이식은 그렇게 쉬운 게 아니에요."

의사는 소녀의 마음을 알았지만 어쩔 수 없이 단호하게 말했다.

"그럼 진혁이가 심장 이식을 받을 가능성은 있나요?"

"쉽지 않습니다. 심장 기증도 쉽지 않고, 환자에게 맞는 심장을 찾는 건 쉬운 일이 아니기 때문에..."

그 말을 들은 소녀는 다시 주저앉아 울었다.

"기적을 바라는 방법밖에 없습니다."

의사는 소녀에게 말을 힘겹게 전하고 자리를 떴다.

"일어나. 제발. 이제 나는 너밖에 없는데 나 어떡하라고."

소녀는 소년의 병상 옆에 앉아 소년의 얼굴을 쓰다듬었다.

"어제 약속했잖아. 매일 서로에게 기대자. 서로 힘들 때 서로의 가족처럼 힘이 되어 주자고. 그런데 이러면 어쩌자고."

소녀는 눈물을 흘렸다.

"나 아직 내 마음도 다 못 전했는데. 좋아한다고. 사랑한다고. 오늘 말하려 했는데. 내 진심 들어야 할 거 아니야. 그러니까 제발 일어나."

소녀는 깨어나지 않는 소년의 품에서 울었다.

다음 날 아침, 소녀는 머리 쪽에 감촉이 느껴져 일어났다.

소년이 소녀의 머리를 쓰다듬고 있었다.

"괜찮아?"

소녀가 울먹이며 소년에게 물었다.

"응. 괜찮아. 많이 놀랐지?"

소년은 아무렇지 않다는 듯 미소를 지으며 소녀에게 말했다.

"지금 누가 누굴 걱정해! 너 심장병이래! 위험하대! 근데 왜 나를 걱정해! 왜 괜찮은 것처럼 웃어! 아프면서!"

자신을 위해 웃어 보이는 소년의 모습에 소녀는 울컥해 괜히 소리쳤다.

"괜찮아. 아무렇지 않아. 버틸 수 있어. 내가 네 옆에 있어야지."

소년이 소녀의 손을 잡아주었다.

그러자 소녀는 소년을 껴안으며 눈물을 흘렸다.

"너 죽으면 안 돼. 나 이제 너밖에 없어. 너 죽으면 나도 같이 죽을 거야."

소녀는 눈물을 쏟아내며 소년에게 말했다.

"알았어. 언제나 너의 옆에 있을게."

"사랑해. 오래전부터 널 사랑했어."

소녀가 소년에게 자신의 진심을 전했다.

"나도 사랑해. 나도 오래전부터 그래왔어. 널 처음 본 순간부터 널 좋아했었어."

소년의 진심을 들은 소녀는 눈물을 닦고 그의 얼굴을 보았다.

"죽지 마."

"응. 안 죽을게."

소년이 소녀를 살포시 안아주었다.

곧이어 의사가 와 소년에게 병에 대해 설명해 주었다.

"얼마나 살 수 있나요?"

소년이 의사에게 물었다.

"그건 장담할 수 없지만, 최대한 심장 이식을 빠른 시일 내에 받아야 하는 상태입니다."

"그렇군요. 알겠습니다. 감사합니다."

의사는 갔고, 병실에는 소년과 소녀만 남았다.

"괜찮아. 괜찮을 거야."

소년이 소녀를 안심시켰다.

하지만 다음 날 다시 소년은 위급해졌고, 수술에 들어갔다. 수술 뒤에는 아직 살아 있었지만 언제 죽어도 이상하지 않은 상태였다. 소녀도 그 사실을 알고 소년의 마지막까지 곁에 있어 주기 위해 자퇴를 결심했다.

다음 날, 소녀는 자퇴 서류를 내기 위해 학교로 향했다. 그러다 길에서 고등학생들에게 괴롭힘을 받는 노인 보게 됐다.

"어이! 할아버지! 그 가방에는 뭐가 들었나? 두둑해 보이는데. 좀 줘봐!"

학생들이 노인의 짐을 뺏으려 했다.

'아. 어쩌지…'

소녀는 그냥 지나가고 싶었지만 당하고 있는 노인을 보니 쉽게 발걸음이 떨어지지 않았다.

"야! 너희 뭐야!"

소녀는 결국 그냥 지나치지 못하고 노인이 있는 쪽

으로 향했다.

“너희 뭔데 막 할아버지 짐을 뺏으려 해?”

소녀가 주먹을 꽉 쥐고 그 학생 무리 앞에 섰다.

“너 뭐야? 그냥 가던 길 그냥 가지. 우린 이 할아버지랑 할 얘기가 있어서.”

“너희 이거 노인학대야!”

“그럼 뭐 어쩔 건데? 뭐 어쩔 거냐고!”

무리의 한 학생이 소녀의 어깨를 밀치며 위협했다.

“삐이이이익!!!”

그때, 소녀는 주머니에서 호신용 사이렌을 꺼냈다.

그 사이렌 소리에 주변 사람들 모두 쳐다보기 시작했다.

“아! 뭐야!”

무리의 학생들이 귀를 막았다.

“여기 도와주세요!”

소녀가 큰 소리로 주변에 도움을 요청했다.

“너희 뭐 하는 거야!”

주변 사람들이 하나, 둘 이쪽으로 오기 시작했다.

“너 가만 안 둬! 두고 봐!”

그 무리의 학생들은 사람들이 오자 도망치기 시작했다.

소녀는 그들이 도망치든 말든 노인에게 가 그의 상태를 확인했다.

“할아버지 괜찮으세요?”

소녀가 노인을 일으켰다.

“고마워. 학생.”

소녀는 할아버지의 짐을 건네주려 하는데 무게가 꽤 무거웠다.

“할아버지 제가 도와드릴게요. 어디로 가세요?”

소녀는 노인의 짐을 대신 들어주며 도착지가 어딘지 물었다.

“아니야. 학생. 괜찮아.”

“아니에요. 제가 들어 드릴게요.”

노인은 사양하지 않고 도착지까지 소녀와 함께 갔다.

“도와줘서 고마워. 학생. 내가 뭘 해줘야 하나.”

“아니에요. 할아버지. 당연히 도와드려야죠.”

“혹시 소원이 있나? 내가 학생 소원을 들어줄게.”

노인은 진지한 목소리로 소녀의 눈을 보며 말했다.

소녀는 노인의 목소리에 자신의 진짜 소원을 말하려 했지만 하고 싶던 말을 다시 삼켰다.

"아니에요. 저는 이만 가볼게요."

소녀가 뒤돌아 가려는데 노인이 말을 했다.

"사람을 살리고 싶구나. 자신이 좋아하는 사람을."

소녀가 뒤를 돌아 그를 쳐다봤는데 어딘가 모르게 그의 눈빛이 변해있었다.

"어떻게 아셨어요?"

소녀가 노인에게 다가갔다.

"날 도와준 너의 소원을 들어주고 싶지만, 사람의 운명을 바꾸는 건 쉽지 않다, 특히 이미 생사가 정해진 사람의 목숨을 살리는 건. 쉽지 않은 일이기에 쉽게 이뤄주겠다고는 말을 못 하겠다. 하지만 그럴 수 있는 기회를 주지."

노인도 소녀에게 한걸음 다가왔다.

"그게 무슨 말씀이세요?"

소녀는 그가 수상했다. 아까와는 다른 분위기를 풍기고 있는 그 노인이.

"그럼 내일 다시 보자."

노인 순식간에 소녀의 눈앞에서 사라졌다.

"뭐야? 할아버지? 어디 가셨어요?"

소녀는 놀라 주위를 둘러봤지만, 주변에는 아무도 없었다.

다음 날 저녁, 소녀는 화장실에 갔다 다시 소년이 있는 병실로 들어갔다.

그런데 소년의 앞에는 한 남자가 서 있었다. 그때 그 노인이다.

"할아버지? 여긴 어떻게 오셨어요?"

소녀가 놀라며 그의 앞으로 다가왔다.

"이 사람이냐? 네가 구하고자 하는 인간?"

노인이 소년과 소녀를 차례로 보며 말했다.

"네. 이 사람이에요. 제가 제일 아끼는 사람."

소녀가 뜸 들이다 자신의 진심을 말했다.

"이 사람을 살리기 위해 너의 모든 것을 걸어야 하는데 괜찮겠냐?"

노인 소녀에게 물었다.

"그게 무슨 말이에요?"

"너의 모든 걸 걸어서라도 이 아이를 살리고 싶냐는 거다."

"할아버지가 이 사람을 살릴 수 있어요? 어떻게요? 할아버지가 무슨 수로요?"

소녀는 그의 말이 황당했다.

"이 아이를 살리는 건 내가 아니라 네가 될 것이다. 난 너에게 기회를 주는 것이야. 그래도 살리고 싶냐? 너의 목숨을 버려야 한다 해도?"

노인은 진지했다.

소녀는 할아버지의 모습에 농담은 아닌 거 같다고 생각했다. 그리고 뜸 들이다 대답했다.

"네. 제 목숨을 내놓아서라도 진혁이 살리고 싶습니다."

"그래? 그럼 가자꾸나."

노인 소녀의 말을 듣고 소녀의 이마에 딱밤을 때렸다.

그 순간, 소녀는 유체 이탈 상태가 되었다.

"어? 이게 뭐예요?"

소녀가 자신의 상태를 보고 놀랐다.

"이제 나를 따라오거라."

노인은 발길을 옮겼다. 소녀도 지금의 상황에 놀랐지만 일단 그를 따라가기로 했다.

어둡고 싸늘한 곳, 사람들의 비명이 가득한 저승.

그곳에 둘은 도착했다.

"할아버지 여기가 어디예요?"

소녀가 주변을 둘러보며 겁에 떨었다.

"여긴 저승이다."

"저승이요? 왜 저를 여기로 데려오신 거예요?"

소녀는 이 상황이 믿기지 않았다.

"네가 살리고 싶은 그 아이. 그 아이를 살리기 위해 온 거다."

노인은 사람들이 줄 서 있는 쪽으로 가 소녀를 그들의 뒤에 줄 세웠다.

"나는 주선동자다. 그냥 저승 소속의 공무원이라고 생각하면 된다. 난 인간들 곁에서 생활하며 그들이 생전에 한 선한 행동들을 기록하는 역할을 맡고 있지."

노인이 자신의 정체를 밝혔다.

"그럼 할아버지가 그 저승의 신이신 거예요?"

노인의 말을 듣고 나니 소녀는 그가 무섭게 느껴졌다.

"난 그 정도의 위치가 아니다. 난 그저 지옥 시황들의 수하일 뿐이다."

"그럼 저를 왜 여기로 데려오신 거예요?"

소녀가 두려움에 가득 찬 목소리로 노인에게 물었다.

"난 인간을 함부로 살릴 수 없다. 그런 능력도 없고. 네가 살리고 싶어 하는 그 아이를 살리려면 저 앞에 보이지?"

저 멀리 의자에 앉아있는 한 사람을 가리켰다.

"저분의 허락이 필요하다. 바로 저분이 염라대왕님이시다."

염라대왕은 무시무시한 아우라를 뿜고 있었다.

"저 사람이… 아니 저분이 그…"

소녀는 염라대왕을 보고 할 말을 잃었다.

"저분을 뵙기 위해 네가 여기 온 거다. 너의 소원을 들어줄 수 있는 유일한 존재이시다."

소녀는 실제로 저승에 발을 들이고, 염라대왕을 마주하게 되니 무섭고 두려웠다.

"제가 뭘 해야 하죠?"

소녀가 떨리는 목소리로 노인에게 물었다.

"저분께 너의 소원을 말하면 된다."

"제가요? 저는 아무것도 한 게 없는데 제 부탁을 들어주실까요?"

소녀는 염라대왕과의 거리가 가까워질수록 굳었다.

"너는 어제 저승의 재판이 잘 끝날 수 있도록 도와주었다. 어제 네가 들어준 짐 안에는 수많은 망자들에 대한 기록이 적혀있는 문서가 들어있었다. 네가 어제 날 도와준 덕분에 그 문서들이 잘 전달되어 많은 망자들이 올바른 심판을 받을 수 있었다. 고맙다. 덕분에 저승의 질서가 무너지지 않았다"

소녀는 노인의 말에도 여전히 두려웠다.

"너는 왜 그 아이를 살리고 싶은 것이냐?"

노인이 굳어있는 소녀에게 물었다.

"진혁이는 제 곁에 남은 유일한 사람입니다."

소녀가 나지막이 말했다.

"진혁이 때문에 제가 지금까지 버티며 살아올 수 있었고, 진혁이가 죽는다면 저는 더 이상 살 이유가 없습니다."

소녀는 무서웠지만, 소년을 떠올리니 조금씩 괜찮아졌다.

"그 아이를 좋아하고 있구나?"

노인이 소녀의 눈을 보며 말했다.

"네. 좋아합니다."

소녀는 자신도 모르게 자신의 마음을 들어냈다.

"그럼 지금의 그 마음만 생각하거라. 지금 무섭고 두려워도 지금 네가 품고 있는 그 마음, 그 아이를 살리고자 하는 마음만 생각해라. 그럼 덜 무서워질 거다."

노인이 떨고 있는 소녀에게 조언을 했다.

"네. 감사합니다."

조금씩 줄이 줄어들었고, 곧 있으면 소녀의 차례가 된다.

"정말 말하면 진혁이 살릴 수 있는 거 맞죠?"

"확언할 수는 없지만 너의 공이 있으니 쉽게 거절하시지는 않을 것이다."

소녀는 어떻게든 소년을 살리겠다고 마음속으로 다짐했다.

드디어 소녀의 차례가 왔다.

"다음"

염라대왕의 말에 그의 앞에 소녀와 노인이 섰다.

"주선동자가 웬일인가?"

염라대왕이 자신 앞에 서 있는 둘을 힐끗 보았다.

"염라대왕님을 뵙사옵니다."

노인이 염라대왕에게 엎드려 인사를 올렸다.

"저 아이는 누구냐? 오늘 명단에는 없는 아이인 거 같은데?"

염라대왕이 소녀를 쳐다봤다.

"저 아이는 망자가 아니옵니다. 아직 살아있는 아이입니다."

"근데 왜 이 저승에 데려온 것이냐? 그것도 내 앞에."

"이 아이가 어제 저를 도와준 아이이옵니다."

"네가 그 아이로구나?"

염라대왕이 의자에서 일어나 소녀의 앞으로 다가왔다.

"어제 일은 주선동자에게 들었다. 덕분에 아무 일 없이 지나갈 수 있었다. 고맙구나."

염라대왕이 소녀의 손을 잡았다.

"아닙니다."

소녀는 염라대왕이 무서웠지만, 목적이 있기에 아무렇지 않은 척 서 있었다.

"근데 여기는 왜 온 것이냐?"

염라대왕이 소녀를 보며 물었다.

"소원이 있습니다."

소녀가 용기 내어 말했다.

"소원? 그치. 소원을 들어줘야지."

염라가 다시 자리로 돌아가 의자에 앉았다.

"소원이 무엇이냐?"

"살리고 싶은 사람이 있습니다. 그 사람을 살리기 위해 이곳에 왔습니다."

소녀가 눈을 질끈 감고 목소리에 힘을 주며 말했다.

"살리고 싶은 사람이 있다?"

염라대왕이 소녀를 빤히 쳐다보다 보면 안 될 것을 본 듯 표정이 안 좋아졌다.

"혹시 이 아이냐?"

염라대왕이 손가락을 튕기자 병실에 누워있는 소년의 환영이 나타났다.

"...진혁이...? 네. 저 아이가 맞습니다."

소녀는 소년의 환영을 보고 그를 살리고 싶다는 감정이 더 강해졌다.

"아쉽지만 안됐구나. 이 아이는 살릴 수 없다."

염라대왕은 고개를 저었다.

"왜 안 되는 건가요? 다 해주실 수 있잖아요... 소원 들어주신다고 하셨잖아요..."

소녀는 염라대왕과 노인을 번갈아 보며 울먹였다.

"그 아이는 몇 분 후에 죽는다. 충분한 시간이 남아 있는 인간이라면 어떻게든 해보겠지만 당장에 명부가 내려와 있는 인간을 살리는 건 쉬운 일이 아니다. 저승의 질서를 깨야 하는 일이라 해줄 수가 없다."

염라대왕은 등을 돌렸다.

"제발요. 한 번만… 제발 한 번만 우리 진혁이를 살려주세요. 제가 뭐든 할 테니까 제발 살려주세요."

소녀가 무릎을 꿇으며 간절히 부탁했다.

노인은 미안한 눈빛으로 소녀를 바라봤다.

"흠…"

염라대왕은 간절한 소녀의 모습에 고민했다.

"그럼 네가 대신 죽겠느냐?"

염라대왕이 고개를 돌려 소녀를 봤다.

"네?"

소녀가 염라대왕을 올려다봤다.

"그럼 네가 대신 죽겠느냐고 물었다."

염라대왕이 소녀에게로 다가왔다.

"…………"

소녀는 염라의 말에 고민했다. 자신의 목숨과 바꿔서라도 소년을 살리고 싶다고 생각했었지만 막상 그 상황에 놓이니 무서웠다.

"그 아이를 살리고 저승의 질서도 지킬 수 있는 방법은 그거 하나다. 그 아이 대신 죽는 거. 네가 대신 죽겠느냐?"

염라대왕이 소녀를 내려다보았다.

"네. 제가 대신 죽겠습니다."

소녀가 염라대왕의 눈을 보고 말했다.

"정말이냐?"

염라대왕이 소녀의 답에 놀랐다.

"네. 진혁이 대신 제가 죽겠습니다."

소녀는 아까보다도 더 씩씩하게 말했다.

"그 아이가 대체 너에게 뭔데?"

"제 첫사랑입니다. 제 가족입니다. 제 전부입니다."

소녀는 거침없이 자신의 마음을 내보였다.

"넌 아직 더 많은 날을 살아갈 수 있는데 왜 몇 분도 안 남은 그 아이를 위해 희생하려는 것이야?"

염라대왕은 소녀의 행동이 의아했다.

"사랑하니까요. 제가 그 애를 사랑하니까요."

소녀는 자리에서 일어나 염라대왕을 마주 보았다.

"사랑? 그따위 감정 때문에 목숨을 버리겠다고?"

"전 그를 위해서 다 버릴 수 있습니다. 그 아이가 저의 전부니까요. 어차피 그 아이가 제 곁에서 사라진다면 저도 그 아이 따라 죽을 겁니다."

"너의 마음이 그러하다면 그렇게 해주지."

염라대왕이 손짓하자 저승의 문이 열렸다.

"저 문으로 들어가면 넌 이제 망자가 되는 거다. 그리고 약속대로 너의 수명과 그 아이의 수명은 바뀌게 될 것이다. 네가 그 아이 대신 죽는 것처럼 그 아이는 너를 대신해서 세상을 살아가게 될 것이다. "

소녀는 망설임 없이 그 문 앞으로 걸어갔다.

"제가 죽으면 진혁이... 오래 살 수 있는 거 맞죠? 안 아프고?"

소녀가 잠시 멈춰 염라대왕에게 물었다.

"그래."

소녀는 다시 문 앞으로 걸어갔다. 그리고 끝내 그 문 앞에 섰다. 소녀는 잠시 눈을 감고 소년과 함께했던 기억들을 떠올렸다.

'너와 함께해서 좋았어. 네가 있어서 내가 버틸 수 있었어. 어차피 네가 죽으면 나도 따라 죽었을 거야. 그러니까 너는 살아. 나 대신 살아줘. 행복하게. 지금까지 네가 나를 살게 해줬으니까. 이제는 내가 널 살

게 해줄게. 이제 다시 못 보겠지만 그래도 나는 항상 너의 곁에 있을게. 사랑해.'

소녀는 소년에게 마음속으로 편지를 보내고 그 문 안으로 들어가려 했다.

그 순간, 하얀빛이 소녀의 앞을 막았다.

"잠깐!!"

한 남성이 소녀의 앞을 막았다.

"옥황상제! 그대가 어찌 여기까지..."

염라가 그 남자를 보고 놀랐다.

"이 소녀는 아직 죽으면 안 된다네."

옥황상제가 소녀의 손을 잡고 염라대왕 앞으로 갔다.

"누구세요?"

소녀는 당황했다.

"난 그대 부모님의 친구일세."

옥황상제가 조용히 웃으며 소녀에게 귓속말을 했다.

"이 소녀는 저 문 안으로 들어가면 안 된다네."

옥황상제가 염라대왕에게 말했다.

"왜 그대가 저승의 문제에 간섭하는 것인가. 여긴 저승이야. 그대 때문에 저승의 질서가 무너지면 그대가 책임질 건가?"

염라가 옥황상제에게 소리쳤다.

"내가 책임지지. 책임을 물 수 있으면 물어보시게."

옥황상제가 염라대왕에게 경고하듯이 말했다.

"그대가 정녕..."

염라대왕이 옥황상제의 멱살을 잡았다.

"2년 전 귀인 3명이 비슷한 시기에 저승으로 들어왔었지. 기억나는가?"

옥황상제가 염라대왕에게 말했다.

"그 귀인들 중에 부부가 있었던 거 같은데. 기억나나?"

옥황상제의 말에 염라대왕은 멱살을 놓고 눈동자가 흔들리기 시작했다.

"원래 그 부부는 생전에 많은 덕을 쌓아 천국으로 갔어야 하는데 딸을 지키기 위해 염라 그대와 뒷거래를 해서 저승사자가 됐다고 하더라고. 맞는가?"

옥황상제가 염라대왕을 째려봤다.

"그게 무슨 소리인가?"

염라대왕이 옥황상제의 눈을 피했다.

2년 전

"이걸로 저승에서 심판이 끝났다. 그대들은 이제 천국으로 가게 될 거야."

염라대왕이 소녀의 부모를 보며 말했다.

"염라대왕님. 가기 전에 청이 하나 있습니다."

소녀의 부모가 엎드려 염라대왕에게 말했다....

"저희에게는 딸이 한 명 있습니다. 가기 전에 딸을 한 번만 보게 해주세요. 제발 부탁드립니다."

소녀의 부모는 간절히 읍소했다.

"어차피 천국에 가면 그 아이의 꿈속에 나타날 기회가 많다. 그 아이가 보고 싶으면 빨리 저 문밖으로 가거라."

하지만 염라대왕은 들어줄 생각이 없었다.

"꿈에서 말고 지금 잘 지내는지, 교통사고 후에 크게 다치지는 않았는지 보고 싶습니다. 제발 부탁드립니다. 저희가 뭐든지 할 테니 제발 우리 소현이 한 번만 만나게 해주세요."

소녀의 부모는 간절히 부탁했지만, 염라대왕은 그들이 그저 귀찮을 뿐이었다.

"뭘 이미 죽었는데, 가서 뭐 하게."

"저희가 뭐든 다 하겠습니다. 그러니 제발…"

그때, 염라대왕의 머릿속에 하나의 아이디어가 떠올랐다.

"정말 뭐든지 다 할 테냐?"

염라대왕이 사악한 미소를 지었다.

"네. 뭐든 다 하겠습니다."

소녀의 부모는 염라대왕의 속셈도 모르고 그에게 간절히 부탁했다.

"마침 저승사자 직을 맡던 애들이 기간이 다 되어 그 자리가 많이 빈 상태인데 그대들이 해주겠는가?"

염라대왕이 소녀의 부모 앞으로 가 말했다.

"저승사자 직을 맡게 된다면 이승과 저승을 맘대로 넘나들 수 있다네. 이승에 갈 때마다 그대들 아이의 얼굴도 볼 수 있어. 어때? 그대들에게 있어서는 좋은 제안 아닌가?"

소녀의 부모는 고민하기 시작했다.

"그대들이 해주면 좋을 거 같은데. 그대들이 해준다면 그대들의 딸도 보게 해주고, 그 딸의 안전도 내가 지켜주겠네."

염라대왕은 그들이 탐났다. 이승에서 그들의 이력은 잘 알고 있기에 그냥 천국에 보내기에는 아까웠다.

"네. 하겠습니다."

소녀의 부모가 말했다.

"좋아. 그럼 제안을 받아들였으니 잠시 딸에게 다녀오게."

염라대왕은 좋은 인재를 얻고 기뻤다. 한동안은 그 부부가 딸을 보러 가는 걸 허락했지만 시간이 지날수록 그들에게 과도한 업무를 맡기면서 그들이 딸을 지켜볼 수 있는 기회는 줄어들었다.

"왜 옛이야기를 꺼내는가?"

염라대왕은 옥황상제의 말에 당황했다.

"그 부부의 딸이 바로 이 소녀네."

옥황상제가 소녀를 보았다.

"크흐흠… 그래서?"

염라대왕은 이미 알고 있었다.

"그리고 그 귀인 중 1명. 그대 수하의 실수로 사망

하게 된 그 사람. 억울하게 죽은 그 사람의 아들이 이 소녀가 살리려 하는 그 아이라네."

"뭐?"

염라대왕은 그 말을 듣고 놀랐다. 소녀의 존재는 알고 있었지만, 실수로 죽음을 맞이한 그 망자의 아들이 소녀가 살리려는 그 소년이라는 건 모르고 있었다.

사실 2년 전에 염라대왕이 데리고 있던 저승사자 하나가 실수로 소년의 아버지가 죽였었다. 그 일로 염라대왕은 그 저승사자를 직위해제 시켰고, 그 일의 책임으로 소년의 아버지에게 아들을 지켜준다는 조건으로 아무도 모르게 일을 마무리 지었다.

하지만, 염라대왕은 그저 조용히 넘어가려는 수작이었고, 소년의 아버지에게 한 약속도 거짓이었다. 애초에 지킬 생각으로 한 제안이 아니었기 때문이다.

"그 망자의 아들이 그 소년이라니... 그대 다 알고 있었나?"

염라대왕은 모든 게 꼬였다 싶었다.

"당연하지. 내가 몰라서 그렇게 넘어갔을까?"

"그럼 그때는 그냥 넘어갔으면서 왜 이제 와서 그러는가?"

"그대에게 기회를 주고 싶었네. 더는 실수하지 않길 바랐네."

"그대가 뭔데? 그대가 뭔데 나에게 기회를 줘?"

염라대왕이 되려 역정을 냈다.

"친구니까. 오랫동안 함께 해온 동료니까."

"난 그대를 친구라 생각한 적 없네."

염라대왕은 등을 돌렸다.

"친구. 그만 고집 피우고 다시 예전으로 돌아가세."

옥황상제는 염라대왕을 설득했다.

"나는 다시 그때로 돌아갈 수 없네."

염라대왕이 나지막이 말했다.

"그때의 실수 다시 만회할 기회가 그대 앞에 있네."

옥황상제가 소녀를 바라봤다.

"이 소녀의 소원 들어주게. 자네의 실수 다시 되돌릴 수 있는 기회야."

염라대왕은 모든 게 다 들통난 거 같은 느낌을 받

아 분했고 쪽팔렸다.

"그러니 그대의 잘못도 청산할 겸 어제의 감사 표시도 할 겸 소녀의 부탁 들어주게."

옥황상제가 염라대왕을 바라보았다.

"난 몰라. 그대가 알아서 하게. 그대가 다 알아서 하고, 뒷감당도 그대가 알아서 하게."

염라대왕은 등 돌린 뒤 연기와 함께 사라져 버렸다.

소녀는 이 상황이 어떤 상황인지 혼란스러웠다.

"어떻게 해야 하는 건가요? 진혁이 살릴 수 있는 건가요?"

"걱정하지 말아라. 내가 알아서 할 테니. 주선동자. 이 아이가 있던 곳으로 날 인도해주겠나?"

옥황상제는 소녀를 데리고 주선동자의 안내에 따라 소녀가 있던 곳으로 향했다.

"이 아이구나. 네가 살리고 싶어 하던 그 아이가."

옥황상제가 소년의 심장에 손을 댔다.

"이 아이는 이제 괜찮을 거야. 너와 오랫동안 함께 할 수 있을 거야."

옥황상제가 소녀를 바라보았다.

“지금 이 마음 잊지 않았으면 좋겠네. 네가 이 아이를 얼마나 소중하게 생각했는지, 얼마나 사랑했는지. 그 마음을 꼭 간직했으면 좋겠어.”

“감사합니다.”

소녀는 옥황상제와 주선동자에게 감사함을 전했다.

“이건 모두 그대가 잘살아온 것이 기특해서 주는 상이라네.”

옥황상제가 부드럽게 미소 지으며 소녀의 머리를 쓰다듬었다.

“잘 살아주어 고맙네. 그리고 지금까지 일은 모두 잊게.”

옥황상제가 소녀의 눈을 감겼다.

“앞으로도 잘 살아주길 바라네.”

다음 날 아침, 아침 햇살이 소녀의 잠을 깨웠다.

“잘 잤어?”

소년이 막 잠에서 깬 소녀를 부드러운 눈빛으로 바라보고 있었다.

"진혁아…"

일어난 소녀는 소년을 안았다.

"이거 꿈 아니지?"

소녀는 모든 게 꿈인 거 같아 고개를 들어 다시 소년을 바라봤다.

"응. 꿈 아니야."

소년은 그런 소녀의 머리를 쓰다듬어주었다.

"사랑해."

소녀가 거침없이 자신의 마음을 전했다.

"나도. 나도 사랑해."

소년도 미소 지으며 화답했다.

모든 것이 제자리로 돌아왔다. 소년은 건강해졌고 심장병 또한 기적처럼 완치됐다. 소녀도 그때의 일은 잊고 소년의 곁에서 전처럼 살아갈 수 있었다. 그 둘은 죽음의 문턱까지 함께 했던 만큼 서로의 소중함을 깊이 마음에 간직하며 서로의 유일한 가족이자 친구이자 사랑이 되어 주었다.

한여름 밤의 꿈

10. 한여름 밤의 꿈

한 노인이 자기 집 마당에서 바다를 보고 있었다.

"아버지. 몸도 안 좋으시면서 여기서 뭐 하세요?"

노인의 아들이 그에게 다가와 담요를 덮어주었다.

"그냥 좀 답답해서... 콜록...콜록"

"그거 봐요. 추운데 괜히 나와서. 더 몸 안 좋아지시면 어쩌려고."

기침하는 노인의 모습을 보고 노인의 아들이 걱정했다.

노인은 4달 전 폐암 말기 선고를 받고 자신의 고향에 내려와 있었다. 이미 너무 늦게 발견해 병원도 포기한 상태라 마지막이라도 편히 쉬고 싶어 혼자 내려와 생활 중이다.

"이제 더 안 좋아질 것도 없어."

노인은 죽음 앞에서 담담했다.

"무슨 말씀을 그렇게 해요."

노인의 아들은 노인의 모습을 보기 힘들었지만 애써 참으며 그의 곁에 있어 주었다.

"그래도 매주 이렇게 찾아와 주어 고맙구나. 저렇게 예쁜 손주들도 낳아주고, 해준 것도 없는 아비를 이렇게 챙겨주고, 잘 커 줘서 고맙다."

노인이 아들의 손을 잡으며 말했다.

그는 알고 있었다. 살날이 정말 얼마 안 남았다는 것을.

"왜 벌써 그런 말씀을 하셔요. 마지막인 것처럼."

노인의 말에 그의 아들은 눈물이 고였다. 그래서 노인의 얼굴을 똑바로 쳐다볼 수 없었다.

"할부지. 진지 잡수셔요."

노인의 손주들이 뛰어와서 노인에게 말했다.

"그러자. 얼른 가서 밥 먹자."

노인이 아들의 어깨를 토닥이다 손주들의 손을 잡

고 집 안으로 들어갔다.

노인의 아들은 노인의 뒷모습을 바라봤다. 예전보다 많이 마른 그의 뒷모습에 더 가슴이 아파왔다.

저녁 식사 후, 노인과 그의 아들은 마당에 나와 술을 마셨다.

"정말 마셔도 괜찮으시겠어요?"

노인의 소원으로 둘은 술을 마시게 됐지만, 그의 아들은 아버지가 걱정됐다.

"괜찮다."

노인은 아무렇지 않다는 듯 한잔을 바로 한 번에 마셨다.

"너무 무리하지 마세요."

노인의 아들도 그를 따라 단번에 마셨다.

"오랜만이구나. 이렇게 너와 술을 마시는 거. 예전에는 자주 마셨었는데."

노인은 아들에게 참 좋은 아빠였다. 가끔 다툴 때도 있었지만 항상 아들을 위해주었고 평생을 아들을 위해 희생하며 살아왔다.

"죄송해요. 제가 더 잘 챙겨드렸으면 이렇게 되시진 않았을 텐데."

노인의 아들도 노인이 얼마 안 남았다는 걸 알고 있었다. 그래서 자신이 잘하지 못했다는 생각들 때문에 죄책감을 느끼고 있는 상태였다.

"넌 충분히 잘해주었다. 잘하고 있고. 이렇게 내 옆에 있어 주지 않냐."

노인은 자신의 아들이 죄책감 같은 걸 가지고 있지 않았으면 했다.

"그러니 그런 얼굴 하지 말고, 무거운 마음 가지고 있지 말아라."

"네."

둘은 술을 마시며 평소에 하지 못했던 얘기를 나눴다.

그러다 노인의 아들이 노인에게 물었다.

"아버지는 죽기 전에 하고 싶은 게 뭐에요?"

"하고 싶은 거?"

노인은 곰곰이 생각했다. 그리고 그의 머릿속에 한 사람이 스쳐 지나갔다.

"한 사람을 만나보고 싶다."

"네"

"그 사람을 만나서 함께 시간을 보내고 싶다. 잠깐이라도..."

노인은 그 마을 뱉은 후 씁쓸하게 웃어 보였다.

"그 사람이라면?"

노인의 아들은 그가 말하는 사람이 누구인지 알았다.

"농담이다. 술이나 마시자."

쓸쓸해 보이는 노인의 모습에 그의 아들은 그가 안쓰러웠다.

시간이 지나 술자리를 끝내고 노인은 아들의 부축을 받아 방으로 들어왔다.

"이제 잘 주무셔요."

노인의 아들은 노인을 눕히고 방을 나갔다.

노인은 자려다 다시 일어나 옷장에 있던 낡은 상자를 꺼내 봤다.

그 안에는 한 낡은 사진첩이 들어있었다.

"오래되긴 했구나."

노인은 그 사진첩을 꺼내 펼쳐보았다.

그 사진첩 안에는 옛 사진들이 들어있었는데 노인의 젊은 시절 모습들과 한 젊은 여성의 사진들이 들어있었다.

"그대는 하나도 안 늙었구려."

노인이 그 여성이 담겨있는 사진을 쓰다듬었다.

"곧 만나도록 하지."

노인은 한참 그 사진첩을 들여다보다 잠이 들었다.

50년 전

어둠이 찾아온 바닷가 근처 식당 앞에 한 여성이 서 있었다.

"수현아!"

한 남자가 그녀의 이름을 부르며 그녀에게로 달려왔다.

"보고 싶었어."

젊었을 때의 노인이었다. 그리고 그가 부른 그녀는 곧 그와 결혼할 상대였다.

둘은 그가 이곳으로 내려왔을 때 처음 만났으며 서로 서울에서 왔다는 점, 나이가 같다는 점 등 여러 공통점으로 인해 가까워지다 사랑에 빠졌다.

"뭘 보고 싶어. 보고 싶다는 사람이 이렇게 늦게 와?"

그녀는 약속 시간보다 늦은 그 때문에 뾰로통해 있었다.

"미안해. 일이 늦게 끝나서."

그는 머리를 긁으며 머쓱했다.

"설마 결혼식 날에도 늦게 오는 건 아니겠지?"

그녀는 그를 째려보며 말했다.

"당연하지. 설마 내가 그때도 늦겠어?"

그는 웃으며 분위를 풀려 했다.

"지켜보겠어!"

그녀도 이 상황을 길게 끌고 가지 않으려 했다.

"우리 밥 먹을까?"

그는 그녀를 데리고 식당 안으로 들어갔다.

"이모 여기 조개구이 하나랑 대하구이 하나 주세요."

그가 주문했다.

"오늘은 뭐 했어?"

그녀가 그에게 물었다.

"항상 하던 일 했지. 어르신들 봐 드리고, 주사도 놔드리고."

그는 이곳 보건소의 유일한 의사다. 5년 전 이곳에 왔을 때부터 일하기 시작했고, 병원에서 촉망받는 의사였지만 몸이 안 좋아진 아버지를 위해 이곳으로 함께 내려왔다.

"오늘도 아주머니들이 자기 얘기하더라. 아주 싹싹하고 성실한 청년이라고."

그녀는 그를 대단하다고 생각했다. 항상 자기 일을 열심히 하고, 남들을 먼저 배려하는 그가 대단했고 존경스러웠다. 그런 그가 자기 남편이 된다는 게 자랑스럽기도 했다.

"뭘. 원래 내가 하는 일인데."

음식이 나오고 그는 대하를 까서 그녀의 앞 접시에 덜어주기 시작했다.

"많이 먹어!"

항상 자신보다도 그녀를 먼저 챙기는 그였다.

"그만 줘도 돼. 자기도 먹어야지."

그녀의 앞 접시에 대하가 산처럼 쌓여있었다.

"괜찮아. 나 원래 대하 안 좋아해."

그는 웃으며 계속 대하를 깠다.

'뭘 안 좋아해. 좋아하는 거 다 아는데.'

그녀는 다 알고 있다. 그의 취향, 식성, 성격 등 모든 걸 알고 있기에 그의 행동에 매번 고마움을 가졌다. 그리고 자신이 사랑받고 있다는 걸 느꼈다.

"그럼 이거라도 많이 먹어!"

그녀가 조개 하나를 발라서 그의 앞 접시에 놓았다.

"고마워."

그는 미소 지으며 그 조갯살을 한입에 먹었다.

"아! 바닷바람 좋다!"

둘은 식사 후 바닷가 인근을 걸었다.

"어! 나비다!"

날아다니는 나비를 보고 그녀가 말했다.

"나는 나중에 죽으면 나비가 될 거야."

"무슨 말을 그렇게 해. 살날이 얼마나 많이 남았는데."

그는 그녀의 말에 식겁했다.

"왜? 사람은 언제 죽을지 모르잖아? 가는데 순서 없어."

그녀는 그의 반응이 귀여웠는지 더 장난스럽게 말했다.

"아니. 그래도. 곧 결혼하는데 그런 말은 좀."

"나는 나중에 나비가 돼서 여기저기 날아다닐 거야. 아름답게. 예쁜 꽃도 찾아다니면서."

죽음을 얘기하는 그녀의 모습에 그는 괜히 무서웠다.

그에게 있어서 그녀가 인생의 전부라 그 생각만으로 그는 심장이 철렁했다.

"자기는? 나중에 죽고 나면 뭐가 될래?"

그녀가 물었다.

"나는... 음... 꽃이 될게. 네가 날 찾아올 수 있게."

그가 나지막이 말했다.

"오! 좀 감동인데? 약속한 거다. 우리 죽어서도 만나기로!"

그녀는 그의 대답에 기분이 좋았다.

"걱정하지 마. 내가 먼저 죽을 테니까 잘 찾아오기나 해."

그가 그녀를 꼭 안았다. 그리고 주머니에서 반지를 꺼냈다.

"아직 제대로 반지를 못 끼워줘서. 좀 늦은 감이 있지만, 나랑 결혼해 줘서 고마워."

그가 그녀의 약지에 반지를 끼워줬다.

"뭐라 말해야 할지... 늦은 감이 있지만 그래도 받아들이지. 고마워. 항상 네 곁에 있을게."

그녀는 애써 눈에 고인 눈물을 숨기며 웃어 보였다.

"사랑해."

둘은 서로를 안아주었다.

다음날, 그는 아프다는 그녀의 말에 그녀의 집으로 갔다.

"많이 아파? 말한 증상대로 약을 가져오긴 했는데."

그는 누워있는 그녀의 옆으로 가 약을 먹였다.

"자기 보니까 좀 괜찮은 거 같은데?"

그녀의 안색은 아주 안 좋았지만 애써 웃어 보였다.

그가 그녀의 머리를 만져보니 엄청 뜨거웠다.

"열도 나네? 체온 한번 재보자."

그녀의 몸은 이미 불덩이였고, 체온은 38.4도였다.

"지금 열난다. 얼른 옷 입어. 병원 가보자."

그는 그녀의 상태에 심각성을 느끼고 병원에 데려가려 했다.

"괜찮아. 약 먹고 좀 자면 괜찮아지겠지… 콜록… 콜록…"

그녀는 기침도 심했다.

"폐결핵 아니야? 그러지 말고 얼른 병원 가보자."

그는 안 좋아 보이는 그녀의 상태에 걱정이 됐다.

"설마. 괜찮을 거야. 곧 결혼식인데 미뤄지면 어떡해."

"지금 결혼식이 문제야?"

만약 폐결핵이라면 얼른 치료해야 하기에 그는 급했다. 정말 그녀가 폐결핵일까 봐.

"왜 그렇게 겁먹은 표정을 하고 있어? 나 괜찮아. 감기일 거야. 그러니까 걱정하지 말고 내 옆에 있어 줘."

그녀가 겁먹은 그를 보고 애써 괜찮은 척했다.

"수현아…"

그는 당장이라도 병원에 데려가고 싶었지만, 그녀의

뜻을 꺾을 수 없어 그냥 옆에 있어 주었다.

“자기가 옆에 있어 주니까 힘이 나는 거 같은데?”

그녀는 많이 아팠지만, 혹시 자기 때문에 결혼식이 미뤄질까 봐 안 아픈 척 그를 속였다.

“좀 자. 자고 일어나면 맛있는 게 차려져 있을 테니까.”

그는 그녀의 옆에 누워 그녀를 안았다.

“고마워.”

그녀는 그의 품에서 잠시 잠이 들었다.

“태현아...”

그녀가 잠에서 깨 그를 찾았다.

“일어났어?”

그가 주방에서 얼굴을 빼꼼 내밀었다.

“밥 먹고 약 먹어야 하니까 죽 좀 만들었어. 잠 깨고 와.”

그녀가 그의 말에 자리에서 일어나 그에게로 갔다.

“뭘 이렇게까지...”

식탁에는 죽과 각종 밑반찬이 차려져 있었다.

"얼른 나아야 하니까."

둘은 식탁에 앉았다.

"사랑해"

그녀는 그의 모습에 감동하였다.

"나도. 그러니까 빨리 나아."

그가 그녀의 머리를 쓰다듬었다.

"응…"

그녀는 왜인지 슬퍼 눈에 눈물이 고였다.

"울어?"

그가 그녀의 얼굴을 보고 당황했다.

"아니… 그냥 감동이라."

"뭘 이런 걸로. 앞으로 계속 이럴 건데. 우리 이렇게 계속 살아갈 거야. 앞으로 아플 때나 슬플 때나 기쁠 때 서로의 곁에서 함께 해주며 살아갈 거야. 그럴 때마다 울 거 아니지?"

그가 그녀의 눈을 보고 말했다.

"나도 항상 너의 옆에 있어 줄게."

그녀가 그의 손을 잡으며 말했다.

"그래. 그러니까 얼른 먹고 약 먹자."

그들은 다행히도 무사히 사람들의 축복을 받으며 결혼식을 올렸다. 그들은 그들이 원한대로 아름다운 신혼생활을 보냈다. 영원히 지금만 같기를 바라며.

하지만 결혼 후 2년 뒤, 그녀는 폐결핵에 걸려 사망했다. 걸렸을 당시 너무 늦게 발견하게 되어 손 쓸 수 없었다.

그렇게 행복만 할 거 같던 그들의 앞에 어둠이 찾아왔다.

갑작스러운 죽음이었다.

그는 그녀의 죽음이 자신의 탓이라 생각했다. 의사면서 사랑하는 사람을 못 고친 자신이 한심했고, 미리 알고 병원에 데려갔었더라면, 치료만 일찍 받았더라면 그런 생각들로 매일 자책하고 또 자책했다. 그녀의 일이라면 항상 늦던 자신이 싫었다.

하지만 그 슬픔을 오래 잡고 있을 수 없었다.

그에게는 그녀가 남겨 놓은 선물이 있었기에 정신차리고 살아갈 수밖에 없기 때문이다.

그녀의 마지막 부탁 때문에, 아들을 잘 부탁한다는 그 부탁 때문에.

그는 슬픔조차, 후회조차 충분히 할 시간도 없이 다시 일어났다.

현재

노인이 꿈에서 깨어났다.

"아주 좋은 꿈이었네."

노인은 기분 좋게 자리에서 일어나 바닷가 근처로 산책을 나갔다.

따스한 햇볕이 투명한 바다를 비추고 있었다.

"여전히 아름답네. 그대도 지금 이 바다를 보고 있으려나?"

그때, 나비 한 마리가 날아와 노인의 어깨에 앉았다.

"그대인가? 나도 곧 갈걸세. 조만간 만나."

노인은 걷다가 잠시 벤치에 앉아 글을 썼다. 그리고 글을 쓴 뒤 다시 집으로 돌아갔다.

얼마 후, 노인도 그녀가 있는 곳으로 향했다.

노인의 아들은 그의 장례를 치르고 노인의 집으로

돌아와 짐을 정리했다.

그때, 노인의 책상에서 두 개의 편지를 발견했다.

아들은 첫 번째 편지를 뜯어 읽었다.

사랑하는 아들에게

네가 읽고 있을 때면 아마 난 이 세상에서 사라졌을 테지.

너무 슬퍼하진 말아라. 어차피 모든 사람에게 죽을 때는 다가오니.

난 때가 되어 다시 돌아가는 거다. 너희 엄마의 곁으로.

난 그래서 죽는 게 무섭지 않다. 오히려 행복해. 그녀를 만날 수 있으니.

나는 오래도록 이 순간만을 기다려왔다. 그러니 너무 슬퍼하지 마라.

그리고 이렇게 떠나 미안하구나. 마지막까지 부족한 너에게 아버지라.

홀로 아이를 키운다는 게 쉽진 않더라.

그래서 너를 항상 부족함을 느끼게 키운 건 아닌지.

외롭게 키운 건 아닌지 걱정했다. 어머니의 존재가 너에겐 필요했을 텐데.

그래도 내 나름대로 최선을 다했다. 그러니 너무 미워하진 말아줘라.

너의 존재는 나에게 너무도 큰 선물이었고,

날 버티게 해주는 유일한 버팀목이었다. 그래서 너에게 참 고맙구나.

그러니 이제 이 못난 아버지 신경 쓰지 말고 너의 부인과 자식들을 잘 챙겨라.

나와는 다르게 좋은 남편, 좋은 아버지가 되길 바란다.

그럼 부디 잘 지내거라.

너의 아버지가

노인의 아들은 노인의 편지를 읽고 눈물을 쏟았다.

"그동안 감사했습니다. 아버지"

그에게 있어서도 노인은 유일한 안식처였다. 어머니의 빈자리까지 채우려 애쓰던 노인의 모습을 보며 아들은 항상 감사함과 안정감을 느꼈다. 노인의 아들에게 있어서 노인은 하나뿐인 쉼터이자 방파제 같은 존재였다. 항상 존경심을 느끼며 자신도 그런 사람이 되겠다고 다짐했었다.

그런 존재가 사라지고 나니 큰 쓸쓸함이 느껴졌다.

그는 마음을 추스르고 다음 편지를 꺼내 보았다.

사랑하는 그대에게

나도 곧 그대가 있는 곳으로 갈 거 같아.

그렇다고 무섭진 않아. 그대를 다시 만날 수 있을 테니까.

그대는 그대로일 텐데 나는 세월이 많이 지나 예전보다 늙었단 말이야.

그렇다고 못 알아보면 안 돼. 알아볼 수 있지?

예전에 그대가 했던 말 기억 하려나? 죽으면 나비가 되겠다는 그 말.

그래서 나도 다음 생에는 꽃으로 태어난다고 했었지.

말했듯이 난 꽃으로 태어날 걸세. 그러니 나비가 된 그대가 날 찾아와.

난 그대 없이 긴 세월을 살아오면서 참 외롭고 힘겨웠네.

그래도 그대가 남겨 놓은 선물 덕분에 버틸 수 있었네.

혹시 보았는가? 우리의 아들. 아주 잘 컸네. 그대를 닮아 아주 예쁘고 착해.

내가 살아오면서 단 한 가지 후회가 있어.

그대를 지키지 못했던 거. 아직도 큰마음의 짐으로 남아 있네.

그때 내가 그대를 병원에 데려갔더라면,

조금 더 빨리 눈치챘다면 그대가 아직 곁에 있었겠지.

그럼 더 오래 함께 할 수 있었을 텐데.

그렇지만 이제라도 그 시간 함께 하자고. 곧 그대 곁으로 갈 테니.

곧 만나. 거기서 그동안 못 했던 얘기 왕창 나누자고. 사랑해. 언제나.

언제나 그대를 사랑하는 내가

이 편지는 나와 함께 태워줘라.

노인의 아들은 이 편지를 태우지 않고 노인이 있는 납골당에 함께 보관했다. 그곳에 올 때마다 그는 편지를 읽었다.

그리고 그의 아들은 하나의 습관이 생겼다. 납골당에서 나올 때면 하늘을 보고 이렇게 물었다.

"잘 지내고 계시죠?"

그렇게 그의 아들은 그를 추억했다.

한편, 한 숲속 노란 꽃이 아름답게 피어났다. 그리고 나비 한 마리가 그 꽃이 있는 쪽으로 와 살포시 앉았다. 그렇게 그 나비는 오랫동안 그 꽃 곁에 머물렀다.

11. 작가의 말

저는 한 꿈을 꾸었습니다. 그 꿈에서 한 사람을 만났고, 그 사람과 잊지 못할 추억을 남겼습니다. 그리고 그 꿈의 결말은 이 작품 속 주인공이 꿨던 꿈의 엔딩과 같아요. 그 사람이 제 눈앞에서 죽었죠. 그 꿈에서 깨어난 뒤 저는 눈물을 흘리고 있었고, 먹먹하고 가슴 아픈 감정만이 남아 있었습니다. 처음이었어요. 그런 꿈은. 한 번의 꿈이었지만 이토록 생생하고 여운이 남아 있는 꿈을 꾼 건 처음이라 기억에 여전히 남아 있는 거 같습니다. 그래서 이 책을 만들게 됐습니다. 그 꿈을 기억하고자.

저는 사랑을 중요시 여깁니다. 이성 간의 사랑이든,

친구 간의 사랑이든, 가족 간의 사랑이든, 선생과 제자 간의 사랑이든 모든 사랑은 중요하고 소중하다고 생각합니다. 그래서 제 글의 중심 소재는 사랑입니다.

이번에 글을 쓰며 제가 생각하는 사랑이란 무엇인지 이 작품 속 세 이야기 안에 담아보려 노력했습니다.

첫 번째 '꿈에 그대'에서는 '운명적 느낌'을 담았습니다. 개인적으로 저는 사랑에 빠진 순간 몸에서 이 사람인 거 같다는 느낌을 받는 거 같습니다. 그게 첫 만남에서 느낄 수도 있고, 어느 순간 그 사람의 행동이나 모습에서 느낄 수도 있고요. 그 느낌을 중시하고, 그 느낌을 믿기에 사랑에는 그 느낌이 필연적으로 따른다고 생각하여 첫 번째 작품에는 그런 걸 나타내려 노력했습니다.

두 번째 '첫사랑'이라는 작품에는 '희생'을 담으려 했습니다. 개인적으로 저는 사랑하는 상대가 생기면 뭔가를 해주고 싶고, 대신 힘들고 싶고 그런 거 같아요. 모두가 사랑하면 그 사람을 먼저 생각하고, 챙기고, 위하는 것들 보고 느끼며 사랑을 하면 자신을 희생하게 된다는 생각이 들었습니다. 그래서 '희생'이라는 걸 두 번째 작품 안에 녹여보려 한 것 같습니다.

세 번째 '한여름 밤의 꿈'에서는 '그리움'을 담으려 했습니다. 사랑하는 사람을 떠나보낸 기억이 다들 있을 겁니다. 그리고 그 사람이 떠난 후에 그 사람에 대한 그리움이 동반되는 거 같아요. 그 사람과 함께 했던 추억, 그 사람에게 못 해줬던 거에 대한 후회 등 많은 것들이 남는 거 같습니다. 그래서 헤어진 후에 남는 그리움을 담아보려 했습니다.

이 책을 보는 독자분들은 아쉬운 사랑은 안 하셨으면 좋겠습니다. 항상 타이밍을 잘 보며 운명의 상대가 나타났을 때 놓치지 마시고, 항상 최선을 다하시고, 후회하지 마시고, 모든 걸 소중하게 생각하시기를 바랍니다.

꿈에 그대

1판1쇄 2025년 8월 22일

저자 유열
발행인 이경화

발행처 디자인21
주소 04560 서울특별시 중구 퇴계로 293-1 3층
전화 02-2269-6561(대)
팩스 02-2269-6568
이메일 21publish@naver.com
블로그 https://blog.naver.com/publish21
인스타 https://www.instagram.com/21publish.co.kr
홈페이지 https://21publish.co.kr

등록번호 제1-1128호
등록일자 1991.2.12

ISBN 978-89-6131-187-8 03810

정가 16,000원